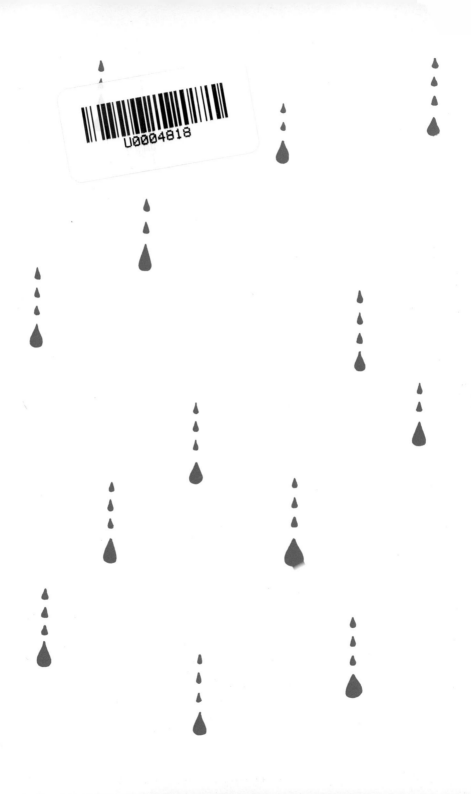

想要開始去爬山

登山2年級生

出發吧！屋久島篇

鈴木智子◎著
陳怡君◎譯

屋久島·宮之浦岳

槍岳

出發唄！
槍

草津白根山

搖搖晃晃的火山健行

藏身綠林中的祕境小屋
海拔2171公尺的
草津白根山
草津的溫泉街
可以直通國道
是搭乘巴士或自行開車
都能抵達的觀光勝地
擁有
可停放
400輛車
的停車場
草津溫泉
也有纜車與吊椅
吊椅
纜車
觀光客們的
主要目標
就是閃耀著
翡翠綠的
火口湖「湯釜」
走路
10分鐘

遠離塵囂
只要沿著平坦的道路步行約40分鐘
好可愛唷～
很像小說《大草原小木屋》裡的場景耶
突然一片彷彿加了濾鏡特效的大地豁然開朗，
上面零星點綴著迷你的山中小屋
芳平小屋
既是「山中小屋」
也是一對終年都住在這裡的夫妻的「自宅」
挑高的天花板
流瀉著爵士樂的餐廳

三隻大狗
伴著煤油燈的現做料理
SOLD HERE
這就是我和加奈、小泉結伴同行的大人遠足第三彈
「草津白根山」&「志賀高原」！
志賀高原是
位於草津白根山隔壁、橫手山內的寬闊高原
志賀高原
草津白根山
橫手山
這兩座山都是滑雪勝地，因此夏天時依舊有部分的吊椅與纜車行駛
而且與國道相連
因此也有巴士行經此處！
草津溫泉
這次的計畫
完全利用大眾交通工具的兩天一夜之旅
第一天
登上草津白根山
第二天
志賀高原散步
晚上投宿的芳平小屋
就隱身在兩山之間的靜謐之處

（譯註：湯畑，指溫泉的源頭）

（譯註：因為溫泉源頭的水溫太高，必須先以長木板攪拌，等溫泉水降溫後再提供給泡湯客使用，這個降溫過程稱為湯揉。）

（譯註：湯花，溫泉沉澱物，加工後可製成溫泉粉）

循著蜿蜒的山路
向上爬了30分鐘
4月分會在這條山路
舉辦「草津自行車賽」
哇~
終於抵達位在海拔2010公尺的巴士站
蔚藍的晴空
萬里無雲
白根山
之前三人曾經一起去過尾瀨
雲層太厚
什麼都看不見哪
可惜沒能看見期待已久的星空
這次一定要雪恥！
特地仔細調查了幾個不同單位的氣象預報
目標！滿天星斗
哥爾哥＊智子
經過一個月的縝密計畫才出發來到此地！
最新天氣預報
第一天
第二天
太棒了~！我們去看湯釜吧~！
唷呵~
在鋪設良好的道路上
步行約10分鐘
還滿累人的
水色乳白混濁
閃耀著翡翠綠的湖水
彷彿來到了不知名的外星球
好美麗的顏色呀!!
感覺好像假的唷

（譯註：哥爾哥，小學館漫畫《哥爾哥13》中的殺手）

這是生物無法存活
酸性世界第一的酸性湖
PH值1左右，和胃酸差不多
這個地方應該有辦法達成完全犯罪吧
小泉!?妳在草津到底發生過什麼事呀？
請注意
有時會因為火山活動而只能攀登較遠處的眺望台唷
10分
15分
休息區
回到來時路
我們在休息區
白根餐廳
甜點
搜尋各種土產
女人味鑑定
1人不及格！
肩膀痠痛…
健康指壓棒
大蒜乳酪
鯷魚美乃滋
往芳平方向
從那條路走40分鐘就可以抵達山中小屋了吧？
對
不過，我們先去本白根山吃點零食吧！

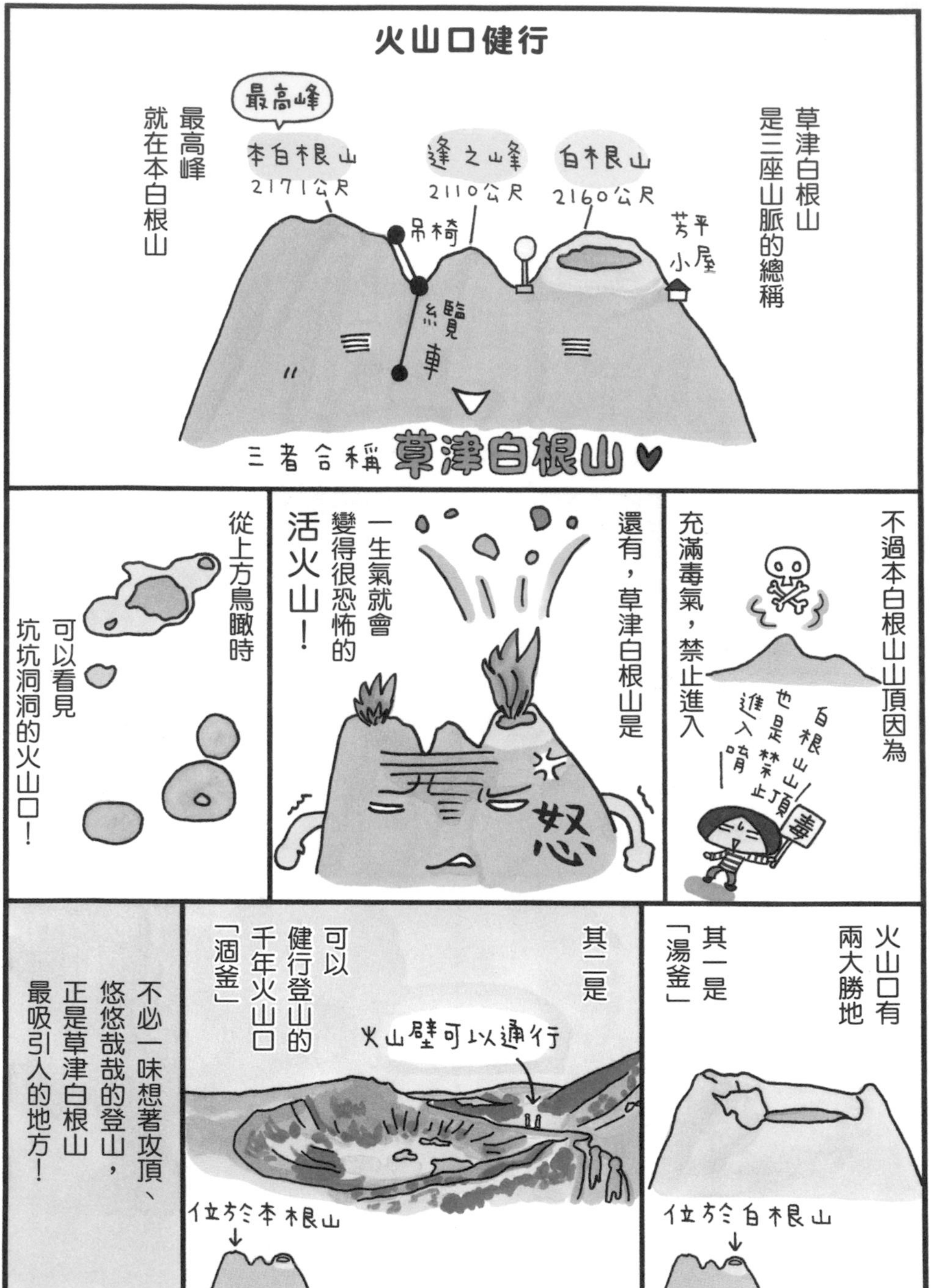
火山口健行
草津白根山是三座山脈的總稱
最高峰就在本白根山
最高峰
本白根山
2171公尺
逢之峰
2110公尺
白根山
2160公尺
吊椅
纜車
芳平小屋
三者合稱 草津白根山
不過本白根山山頂因為充滿毒氣，禁止進入
白根山山頂也是禁止進入唷
毒
還有，草津白根山是一生氣就會變得很恐怖的活火山！
怒
從上方鳥瞰時可以看見坑坑洞洞的火山口！
火山口有兩大勝地
其一是「湯釜」
位於白根山
其二是可以健行登山的千年火山口「涸釜」
火山壁可以通行
位於本根山
不必一味想著攻頂、悠悠哉哉的登山，正是草津白根山最吸引人的地方！

首先搭乘接駁車，2分鐘抵達纜車站
乘車場附近的弓池也是個火山口
接駁車 0日圓
(纜車與吊椅客優先上車)
稍微往回走一小段路
再轉搭約5分鐘的吊椅
一口氣升至2120公尺高空！
本白根KOMAKUSA吊椅350日圓
抵達的是一座讓人無法與火山聯想在一起的翠綠森林
咕咕
從這裡再步行12分鐘
啾咕
啾咕
啾咕
出現在眼前的是裂著大嘴的火山口「涸釜」
直徑300公尺
經常被這樣比喻
好像競技場唷—
in 羅馬
好可愛的花兒～！
又被稱為高山植物中的女王
荷包牡丹
這種瀕臨絕種的植物是由當地的中學生復育而成
花期在7月下旬～8月上旬
想像圖
外形長得很像馬的頭

在火山口
繞了半圈
再爬一段
陡峭的階梯
就是
本白根山
眺望台
海拔
2145公尺
搭吊椅下去
約27分鐘
呵～
好舒爽呀～
這裡雖然不是山頂
卻具備了山頂的瞭望功能
淺間山
視野相當好
溫泉饅頭午茶時間
甜味在嘴裡
化開——
好吃～
可以看到
對面稜線上
的旅人
如螞蟻般的
小小身影
大家都要去
哪裡呢——
登山路線
的終點
不只一個
美好的山景
看再多次
都不覺得膩呀

（譯註：形容白根山的山形如日本巨星本木雅弘一樣帥氣受歡迎。）

山中小屋裡的悠哉時光

前往芳平小屋的路
彷彿走在世界盡頭般荒涼
這裡真的有山中小屋嗎…!?
小情報
走一段路很快就能看到立著鳥居小丘
那兒就是稱為「白根隱」的眺望地點
來回路程16分鐘
走了大約37分鐘時
四周的景色乍然丕變
映入眼簾中的
既不是森林
也不是草原
而是不知是誰從上方
運籌帷幄妝點了綠意、
彷彿加了
濾鏡效果的寬闊大地
情緒澎湃地
走了19分鐘——
總共花了56分鐘
走過一座小橋
終於
看見它了

您好—
BEARDED COLLIE IN CAR
歡迎光臨！
汪
芙茜維爾♀
巴德♂
拉尼婕♀
這些是我的孩子們~
歡喜~
你好
這些孩子們在雪山地區的搜索巡邏能力遠遠高於人類之上，是相當可靠的高山夥伴
拍照時靠得太近會嚇到牠們
也不能開閃光燈
芳平小屋的美味菜單
今日義大利麵 附tea 1000日圓
例如 高麗菜與鯷魚
濃縮咖啡 600日圓
附楓糖&果醬
混合5種麵粉製成的招牌鬆餅 800日圓
奶油麵包 熱麵包上抹了鮮奶油&自家製糖漬蘋果 600日圓
有時會因為旺季人手不足而無法提供，能吃到的人太幸運囉！
真不敢相信昨天的這個時候我還在公司上班呢
時間緩緩地流動
幾乎要使人忘了
曾經身在東京呢
SOLD HERE
Skyline命名之地 芳平
這塊板子是什麼呀？

介於旅館與山中小屋之間的旅店

芳平小屋的特色

一般的山中小屋		芳平小屋
另備有自用住宅	住家	小屋兼自用住宅
春～秋季每天營業	營業時間	全年營業 但偶爾會臨時休業
住宿可以不必事先預約	住宿預約	必須在一周前先行預約 （支付預約金）
基本上睡大通鋪 （也有少數的付費個人房）	客房	基本上都是個人房
無	沐浴	有淋浴間
數十～數百人	可容納人數	15 人
5 點 30 分左右	早餐	7 點 30 分左右

傍晚6點
室內點起了煤油燈，周遭響起了爵士樂
自家製晚餐
單杯啤酒（可自備葡萄酒等任何酒類）600日圓
滷油豆腐
綠色蔬菜沙拉
燉漢堡排
吃到飽的白飯
有大量蔬菜的奶油燉菜
真好吃～
好幸福唷——
餐具也很漂亮
我們的餐館採取自助式，吃完之後一定要把餐具送回這裡哦！
是!!
追加
芳平小屋的特色
即使是對顧客講話也很直率!!
表裡如一！
晚上8點
想去看看星空卻
迷濛一片
漫天霧氣
人家就是為了看星空才來的說
抱著企圖心來這裡是不行的
只有無欲無求的人，山才會讓他看到最美麗的景色
中槍
滑落
……
9點鐘
鑽進軟綿綿的被窩裡就寢

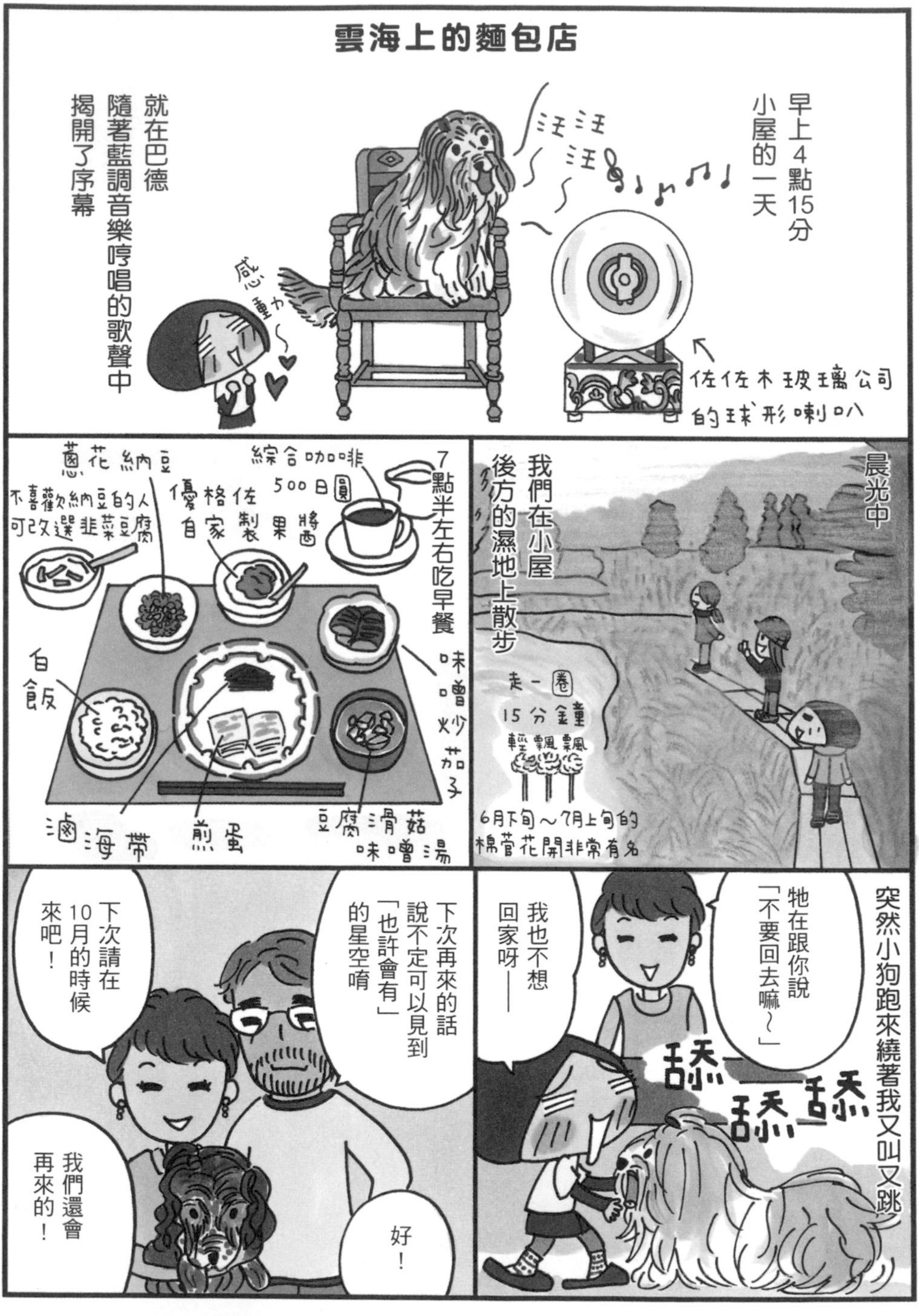
雲海上的麵包店
早上4點15分
小屋的一天
汪汪
汪
佐佐木玻璃公司的球形喇叭
就在巴德
隨著藍調音樂哼唱的歌聲中
揭開了序幕
感動
晨光中
我們在小屋
後方的濕地上散步
走一圈
15分鐘
輕飄飄
6月下旬～7月上旬的棉菅花開非常有名
7點半左右吃早餐
綜合咖啡
500日圓
優格佐自家製果醬
蔥花納豆
不喜歡納豆的人可改選韭菜豆腐
白飯
味噌炒茄子
滷海帶
煎蛋
豆腐滑菇味噌湯
突然小狗跑來繞著我又叫又跳
牠在跟你說「不要回去嘛～」
我也不想回家呀——
舔——舔舔
下次再來的話說不定可以見到「也許會有」的星空唷
下次請在10月的時候來吧！
好！
我們還會再來的！

今天首先要去爬橫手山
但其實我們是搭吊椅上山啦
橫手山 2307公尺
吊椅
澀峠 2152公尺
芳平 1830公尺
步行到澀峠只花了1個半小時
比爬至佛山輕鬆多了呢
中途雖然也有岩石路段
爬起來卻相當輕鬆愉快
好多雲唷──
不知道從山頂能不能順利眺望整個風景
我們都是抱著無欲的心啦──
並沒有想著一定要晴空萬里唷~
Let's無欲★
智子，妳的慾望太明顯了啦
爬到頂端就是連接國道的澀峠
吊椅
小情報
這裡是群馬縣與長野縣的交界處
蓋在縣境內的澀峠旅館
日本國道的最高點（2172公尺）就在這附近
日本国道最高地点
標高2,172m

搭吊椅登上橫手山
大概花了10分鐘
澀峠浪漫吊椅
400日圓
山頂既平坦又廣闊
最高點就位在從吊椅下車的地方（鳥居後方）
令人意外的是這裡竟然是個設備完善的觀光地區
〒郵便局
販售紀念郵票與風景明信片的行動郵局
我們早早就在這家位於雲海上的麵包店「橫手山頂小屋」吃午餐
才早上10點……
名產
香菇雲濃湯
950日圓
加了香菇的奶油濃湯上蓋了一層麵包烤過的湯品，把麵包壓進濃湯裡和著吃非常美味♥
蔬菜切成超大塊的
燉菜湯 950日圓
紅豆法國麵包
250日圓
還點了飲料
歐巴桑性格鑑定
1人及格！
在地啤酒
俄羅斯紅茶
蘋果汁
好香的調味料，真好吃～
大口
吃完美食
我們從景色非常好的志賀高原這邊的吊椅乘車處繼續往上

那座山好明顯，是什麼山哪？
尖岳！
真的嗎？
…開玩笑的啦
回來之後調查，原來「綠油油山」
與「尖岳」
其實都是同一座山，山名是笠岳
下山先搭5分鐘吊椅
然後再接著搭5分鐘空中扶梯
高度相當傾斜十分刺激！
空中吊椅＋空中扶梯套票 510日圓
所謂空中扶梯是指
設置在山裡面全長200公尺的電扶梯！
搭乘的時候突然覺得自己有點土…
穿成這副模樣搭電梯好像山裡來的野人唷？
扶梯不是階梯狀而是帶狀
登山的部分就到這裡（澀峠）結束了
回程時我們要順路去兩個地點觀光
橫手山
現在此處
吊椅
空中電扶梯
順路觀光點①
順路觀光點②
志賀高原
搭巴士搖搖晃晃來到了順路觀光點①
ZONOKI
信大自然教育園
20分
12:06
560日圓
11:46
搭乘空中扶梯至少要花15分鐘
請注意時間以免錯過巴士！

我還會再回來
順路觀光點①
信州大學
自然教育園
看這個名稱
應該是人工的植物園吧？
我原本這麼以為
調查之後
才知道這一帶
被聯合國文教基金會的MAB認定為世界上極為珍貴的原生林
偵查隊長！
嘿嘿
※基於「人類生物圈（MAB）計畫」「生物圈本存區域」之「核心區域」
我們特地在前一站「田之原」下車，走路過去
橫手山
田之原（夏季臨時站）
三角池
健行路線
信大自然教育園
鋪設完善的步道
非常平坦
沿途經過了
寂靜的池子
與長得很像
長毛象的大樹，
經過36分鐘
終於進入了自然教育園
接下來就是必須花2小時20分鐘
才走得完的
正港登山路線
最深處的森林稱為
「OTANOMOUSU 台地」
OTANO-MOUSU 台地
長池
現在此處
大自然觀察路線
「勾玉之丘路線」
全長 3.5公里
是一座萬一迷路
神哪…
請救救我…
就只能向上天祈求禱告、
令人敬畏的原生林

覆著薄薄一層苔蘚的森林
非常乾淨美麗
樹根盤屈交錯
纏住岩石的大樹
彷彿千年遺跡般的巨岩
苔岩人！
這裡面除了樹林還是樹林
潮濕的環境
令人有點害怕
但若是定睛仔細看
卻又覺得舒爽
且自心底湧出
一股愛憐
之情
全身通透的小草
從倒塌的樹林上冒出新芽
紅冬冬的迷你果實
這種奇妙的
氛圍與心境，
唯有深入到
森林深處才能
體會呀
是我太小看自然教育園&志賀高原了

最後一個順路過去的觀光景點
是我非常想去的地方
每天都會看一下現場直播畫面！
搭上事先叫好的計程車，車程約23分鐘
調配計程車大概要花20分鐘
在森林裡手機是可以撥通的
自然教育園
計程車 23分
地獄谷停車場
約5500日圓
接著
再步行14分鐘
順路觀光點②
地獄谷
野猿公苑
這裡是一整年都會有野生猴群來泡溫泉的猿猴王國
有人工餵食
入園費500日圓
到處都看得到猴子的身影
搞得好像人類才是外來者
好可愛唷~
整個園區充滿了猴子糞便的氣味
好像泡得滿舒服的嘛—
更令人驚訝的是
這裡竟然有不少外國觀光客！
Wow! Snow Monkey!
日本獼猴是棲息在全世界緯度最高處的靈長類
（除了人類以外）
歐美地區沒有野生的獼猴
冰天雪地中在野猿公苑裡泡溫泉的獼猴們的照片在歐美地區十分出名
LIFE
還曾經登上時代雜誌的封面
國際級的行家景點

回程時在附近的溫泉旅館
發現了小吃
名產
「後樂館」的竹葉粽
5個750日圓
以竹葉包裹起來
以溫泉水煮熟的柔軟粽子。沾點帶著淡淡甜味的黃豆粉一起吃。
簡簡單單卻很好吃!
然後在鐵路區間車的車站附設的「楓之湯」泡湯流流汗
關於這個溫泉
・位於湯田中車站
・泉水100%來自溫泉源頭
・無色透明
・鈣鹽化物硫酸鹽溫泉
當地人偏多
大人 300日圓
然後在新幹線上乾杯!
大家辛苦了!
峠釜便當
牛肉便當
真高興有來這裡玩—
我還想再來!
很想每個季節都來這裡看看!
今天依然會有某些人坐在那些點著煤油燈的桌邊用餐吧……
咀嚼著曾經親身體驗過的回憶也是一種幸福
直到再次來訪之前
那些已深深沁入我身體裡、悠遊於山野、森林及小屋內的寶貴時光
我一定要好好珍惜哪

感覺
好像假的哩！

草津白根山照片集錦

本白根山
＼眺望所／

あなたの
装備は大丈夫？
笑顔
飲料水
雨具
靴

我是
巴德啦～♥

你也準備
齊全了嗎…？

好想去住
小屋唷…

好吃～

「奶油麵包」

奇觀

大嬸

雲海上的麵包店♡

香菇雲濃湯

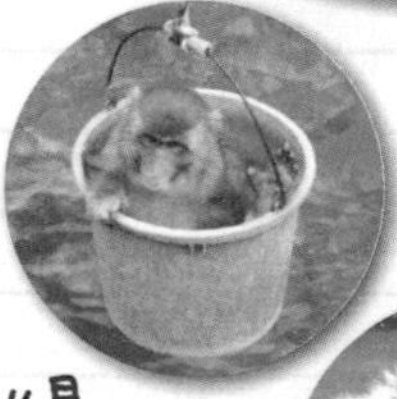

怡然自得的猴兒們…

苔岩人!

寫作良伴…

Beer之友

草津名產

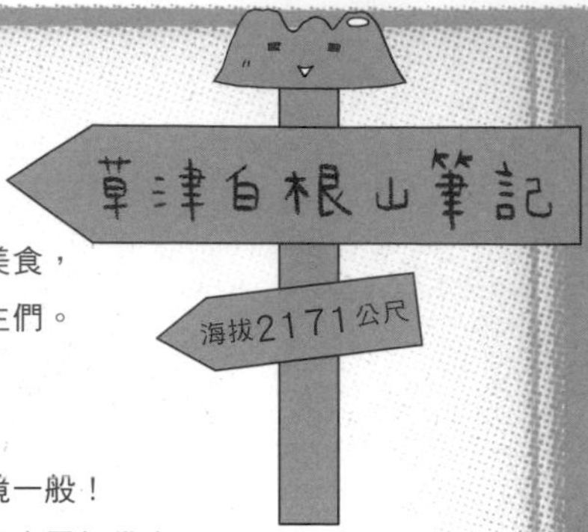

在草津白根山&志賀高原，
都可以搭乘巴士或吊椅，享受登高的樂趣。
這個能與大自然近距離接觸的觀光勝地，還可以品嘗各種美食，
土產的種類也很豐富，因此特別推薦給初嘗登山的一年級生們。
湯釜擁有令人聯想到異世界的奇妙景觀，值得一看。
自芳平遠眺的白根山內側，也很有存在感。
芳平小屋不論地點、內部裝潢、餐飲、音樂……全都如夢境一般！
為了再次與這對夫妻及那些可愛的狗兒子們見面，我後來又去了好幾次呢。
自然教育園並沒有被標示在一般的觀光地圖上，想前往拜訪的人不妨直接上官網，
不必申請就能自行列印地圖。
最後，雖然安排了兩天的行程，由於這個地方實在太悠閒，
讓人感覺時間過得飛快，甚至惋惜只來兩天不夠過癮，
這一點還請各位多注意了。

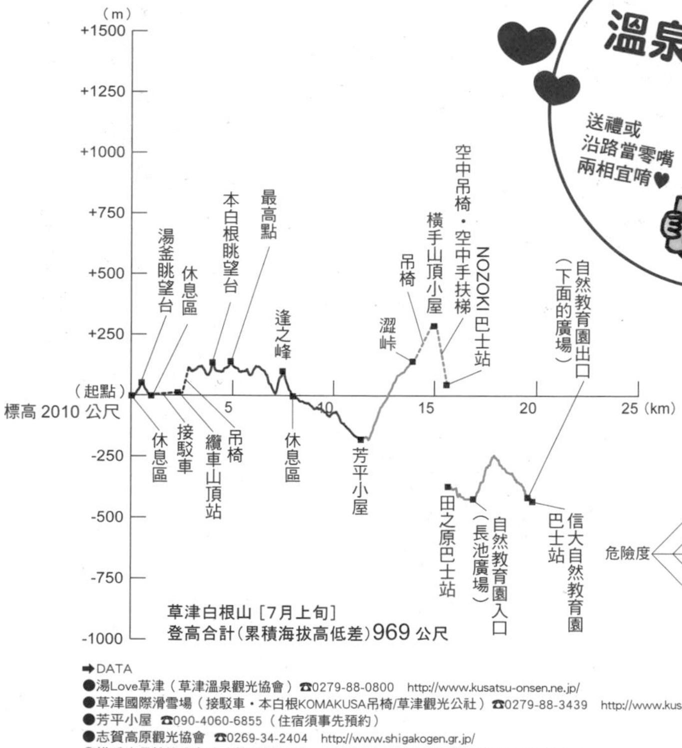

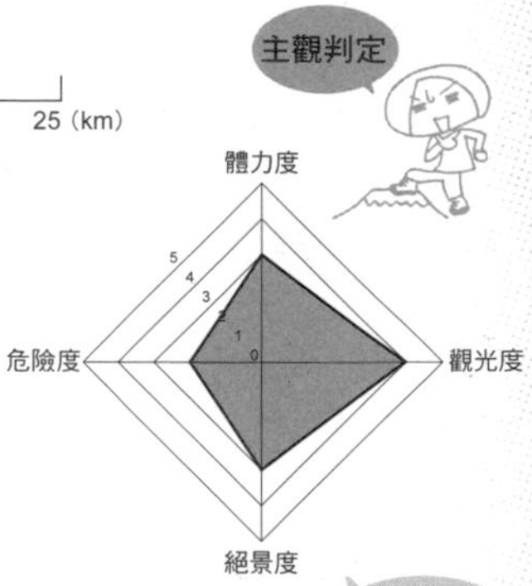

適合登山期間
6月中旬～10月中旬
※請事先確認吊椅的營運日期

➡DATA
- ●湯Love草津（草津溫泉觀光協會）☎0279-88-0800 http://www.kusatsu-onsen.ne.jp/
- ●草津國際滑雪場（接駁車・本白根KOMAKUSA吊椅/草津觀光公社）☎0279-88-3439 http://www.kusatsu-kokusai.com/
- ●芳平小屋 ☎090-4060-6855（住宿須事先預約）
- ●志賀高原觀光協會 ☎0269-34-2404 http://www.shigakogen.gr.jp/
- ●橫手山吊椅株式會社（澀峠浪漫吊椅・空中吊椅・空中手扶梯）☎0269-34-2600 http://www.shigakogen.jp/yokoteyama/
- ●橫手山頂小屋 ☎0269-34-2430 http://www.yokoteyama.com./
- ●信州大學自然教育園 ☎0269-34-2607 http://www.certcms.shinshu-u.ac.jp/shiga/
- ●北信觀光計程車 ☎0269-33-3161
- ●地獄谷野猿公苑 長野縣下高井郡山之內町平穩6845 ☎0269-33-4379 http://jigokudani-yaenkoen.co.jp
- ●楓之湯 長野縣下高井郡山之內町平穩3227-1 ☎0269-33-2133

在山上遇見的時尚潮人

在涸澤
紅色長褲
帥氣又有個性
「日本野鳥協會」
的原創設計長靴
在寶劍岳
合身的格紋
襯衫加裙子
的組合超
可愛♥
在屋久島
在森林中
顯得特別
鮮明的配色，
太可愛了啦！
與外套同色系
的襪套非常
時尚♥

涸澤小屋之④

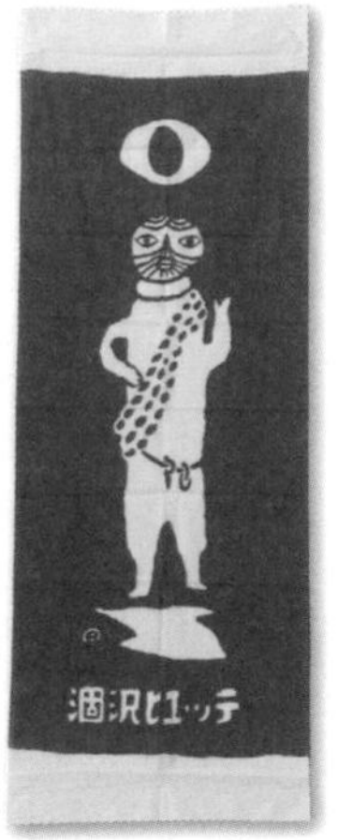

涸澤小屋之③

涸澤小屋之②

購於涸澤小屋。我很喜歡畦地梅太郎的插畫作品，所有的圖案我全都買了。

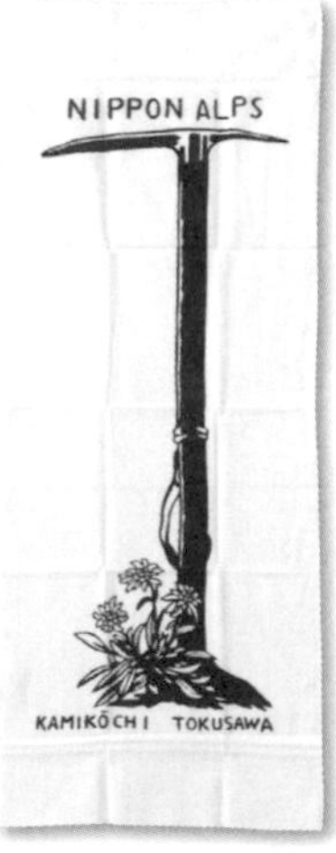

購於德澤園。登山杖與花朵的組合十分典雅。

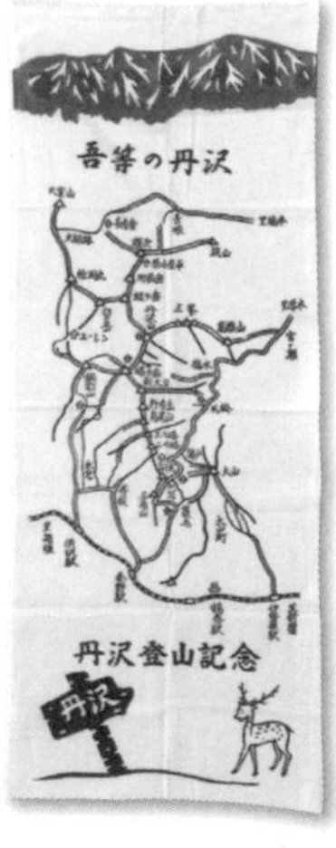

購於矢櫃峠的商店。丹澤詳細的路線地圖令人再三回味。

涸澤大槍之②。飛舞在險峻大山裡的脆弱蝴蝶十分吸睛。

購於涸澤大槍。大膽而豪邁的構圖前衛又時尚。

常念岳

山景壯麗的北阿爾卑斯山大縱走

憧憬已久的北阿爾卑斯山
真希望全世界的人
都能看到這裡的風景
天空與山的分界線是如此地整齊均衡
幾近完美
颯爽威武的山巔英姿
堪稱世界第一

妳預計要走到哪兒呀？
從JR穗高車站上車
我打算住兩晚，走到常念岳!!
哦～常念是一座很棒的山哪
說不定他以為我是個登山老手呢～♥
想太多→
司機大哥也爬過那座山嗎？
老公・建吾
因為我是在地人哪
雖然是10年前的往事了，但那兒的景色真的很不錯～
海拔2857公尺的常念岳
是遠眺槍岳的最佳眺望台
颯爽的英姿
也已成為山腳下的安曇野市的市徽

我們這趟旅行的目標是
「北阿爾卑斯山縱走」
所謂的「北阿爾卑斯山」是指
由槍岳等名山集結而成
傲視全日本的大型山脈
明星級的山岳成員
「縱走」則是指
以步行的方式越過幾個山頭的意思
對於我這個登山迷來說只要聽到這兩個詞就會心動不已呢
YES!登山2年級生!!
這次的計畫
征服北阿爾卑斯山最前線的常念山脈
以三天兩夜的方式從燕岳走到常念岳
全屬北阿爾卑斯山
(南北長100公里以上)
立山
槍岳
燕岳
常念岳
上高地
起點
終點
第1天
登上燕岳
(住宿山中小屋)
第2天
沿著稜線走到常念岳的山腳下
(住宿山中小屋)
第3天
登上常念岳後下山
常念岳
燕岳
第3天
第2天
第1天
起點
終點
登山是急不來的
慢慢享受箇中樂趣吧!
出生於安曇野、非常親切的司機大哥目送我們離開
上午10點30分
心情愉快地抵達了登山口的中房溫泉
燕岳 登山口

西瓜 in 三大陸上坡
第一天我們選擇的是有「北阿爾卑斯山三大陸上坡」之稱的高難度登山路線
燕岳
2763公尺
2704公尺
Course Time
全程需要4小時10分鐘!!
第一天
中房溫泉
1450公尺
心裡開始覺得不妙……
三大陸上坡…
緊張緊張緊張
想像圖
不過只要爬上去
前方就是能夠盡情飽覽槍岳美景的
黃金登山路線了!!
常念岳
燕岳
好!我會慢慢走的，加油!
每每從登山口跨出第一步時
心裡除了緊張，
還伴隨著更多的興奮感

這所謂的三大陡上坡換算成六本木大樓來計算的話——
停!!
那些資料等我爬上去之後再說！
山路的確很陡斜
幸好途中有休息區
每隔30分鐘也設有休息用的長椅
呼~~
中房溫泉口 燕
1.7km
第二休息用長椅
沒想到我竟然也能爬到這麼高的地方來
出發之後經過了3小時
距離合戰小屋還有7分
終於抵達蓋在整條路線大概十分之七處的合戰小屋（茶屋）
合戰小屋
燕山荘
好甜~♥

名產
波田產
西瓜
1片800日圓
能夠同時補充水分、糖分與鹽分！
（7月中旬～9月中旬販售）
其實從山下到合戰小屋設有貨運纜車
能夠將新鮮的西瓜運到山上來
搖晃
這西瓜也是爬這道陡上坡上來的耶真可愛哪♥
興奮過頭像個大嬸般講個不停
……
再度出發後經過19分鐘
來到一個寬闊的廣場（合戰澤之頭）
是槍神！
遠遠望見的正是尚未見面的槍岳！
接著再經過43分鐘（自出發地經過了4小時38分）
抵達了建有山中小屋的稜線
下午3點25分
可惜——
超期待的3D立體美景卻只剩漫天霧氣
沮喪—

雲霧裊繞的「阿爾卑斯山一萬呎」
♪阿爾卑斯山一萬呎 來唷來唷 一起在小山羊身上 跳阿爾卑斯山舞吧
小學時代的我
嗚~真想告訴當時那個小小的我唷!
其實啊 並不是「小山羊」
啦啦啦♪ 啦啦啦 啦啦 啦啦 啦啦 啦—
咩~
而是「小槍」才對唷
什麼!? 「小槍」是什麼東東啊?
這首歌 其實並不是瑞士的歌謠
「阿爾卑斯山」指的是日本的「北阿爾卑斯山」「一萬呎」則是「大約3000公尺」的意思
♪(北)阿爾卑斯山一萬呎(3000公尺)~
另外,「小槍」是指槍岳上那塊名為「小槍」的尖銳岩石啦!!
小槍 約3000公尺
是喔—
即使跟她說明白了 依然興趣缺缺的傢伙
小槍是必須以攀岩方式上去的斷垣殘壁,平常人…
根本不可能在上面跳舞!
這首歌翻唱自〈Yankee Doodle〉(美國的愛國歌曲)算是一種搞笑歌曲!
而且這世上也沒有所謂的「阿爾卑斯山舞」

原本從這裡可以清楚看見有小槍陪伴的槍岳，現在卻是
一片空白……
——正當我沮喪的時候
啊
朦朧的身影
瞬間的驚鴻一瞥
很快又消失無蹤
槍神……您真的很會折磨人耶～
今天打算登頂的燕岳，山頂同樣籠罩在氤氳中
今天不可能上去了，只好等明天吧
對了，你剛剛說它等同幾座六本木之丘呀？
5・3座！
真的嗎!? 但我卻不覺得累耶？
比起小規模的登山健行，這條山路走起來比想像中容易呢
對呀
不知道山中小屋的人幫我們把房間整理好了沒
「北阿爾卑斯山！」「三大陸上坡」聽起來困難度好像滿高的
但其實除了富士山之外，它其實比當天來回的塔之岳登山輕鬆多了
海拔與登山難度並非成正比唷

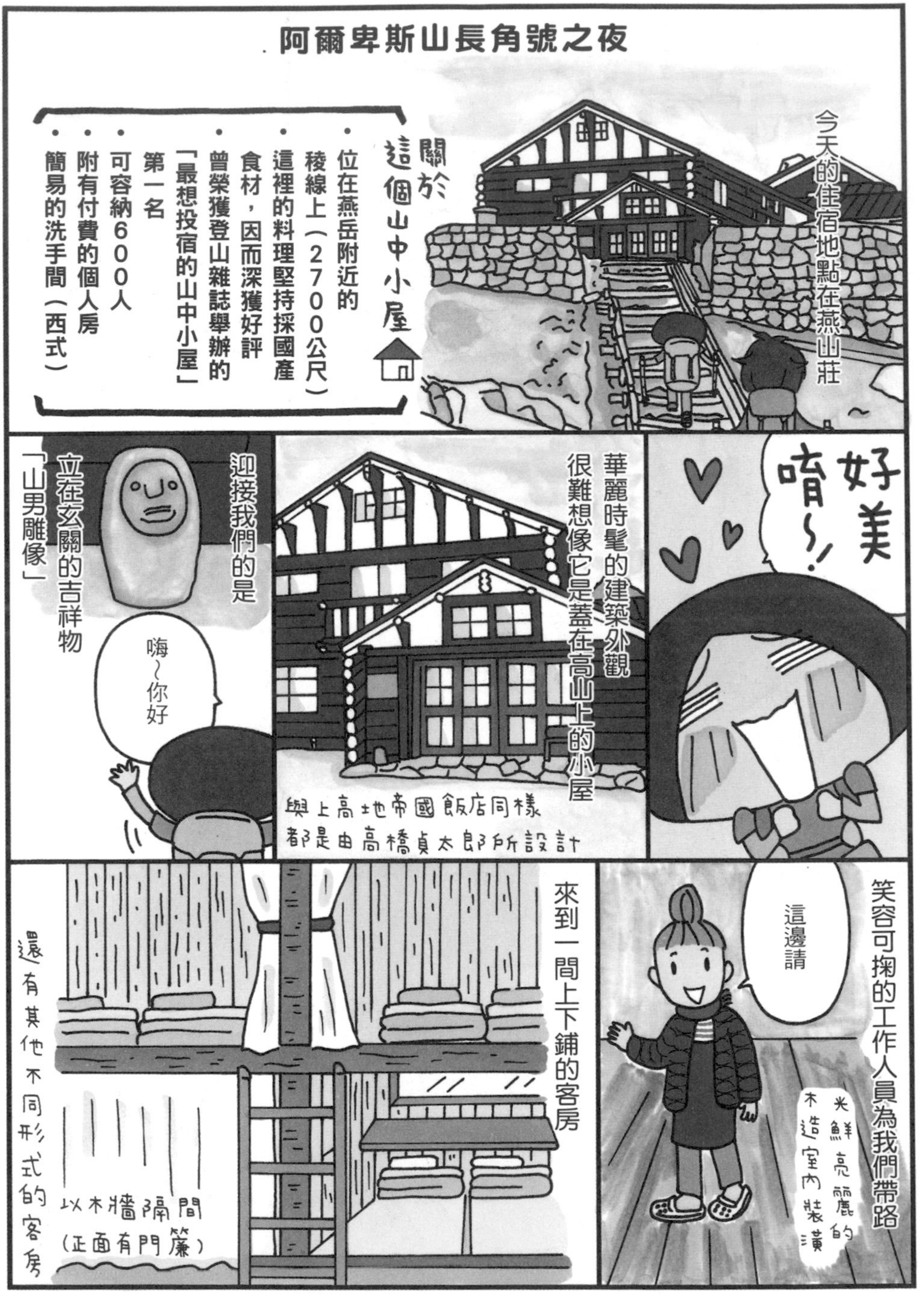
阿爾卑斯山長角號之夜
今天的住宿地點在燕山莊
關於這個山中小屋
・位在燕岳附近的稜線上（2700公尺）
・這裡的料理堅持採國產食材，因而深獲好評
・曾榮獲登山雜誌舉辦的「最想投宿的山中小屋」第一名
・可容納600人
・附有付費的個人房
・簡易的洗手間（西式）
好美唷~!
華麗時髦的建築外觀很難想像它是蓋在高山上的小屋
與上高地帝國飯店同樣都是由高橋貞太郎所設計
迎接我們的是立在玄關的吉祥物「山男雕像」
嗨~你好
笑容可掬的工作人員為我們帶路
這邊請
光鮮亮麗的木造室內裝潢
來到一間上下鋪的客房
以木牆隔間（正面有門簾）
還有其他不同形式的客房

兩人的位置大約有兩個榻榻米的大小
好像個人房耶，真開心～
比起立山的大通鋪，這裡簡直就是天堂哪…
在「喫茶SUNROOM」稍作休息
名產
草莓牛奶
650日圓
把牛奶倒入冰凍過的新鮮草莓切片內。清脆的草莓非常好吃！
也有熱的
蛋糕（5種）
各500日圓
（偶爾還有推出蛋糕吃到飽！）
生啤酒！
大 1000日圓
中 800日圓
小 600日圓
啊～好幸福♥
噗哈—
正常應該是角色對調吧？
讓女生怦然心動
琳瑯滿目的各種土產
畦地梅太郎的插畫圍裙
1500日圓
徽章
各400日圓
有17種之多！猶豫之下我也買下3種
岩釘造形！
我的最愛
小林泰彥的插畫T恤
3900日圓
與其不買而後悔，不如買了再後悔，這樣的人生不是快樂多了嗎！
別再找藉口了，妳買的東西沒有一次不後悔的
傍晚5點30分吃晚餐
好好吃～
味噌湯和白飯可免費續碗
白蘿蔔味噌湯
滿滿一碗白飯
菠菜
通心粉
醋魚絲
煮芋頭
鮮蔬沙拉
炒肉片
可樂餅
燴油豆腐
沙拉水果&杏仁豆腐
大型電視正播放NHK節目…
我們真的在山上嗎…？
（之後才知道）北阿爾卑斯山的山中小屋普遍都有電視機

晚餐結束後可自由選擇參加
由小屋老闆舉辦的座談會及長角號演奏會
老闆不在的話則改為電影欣賞
這種生長在大岩石上的樹木，三十年來大小都不曾改變
自然界是沒有平等可言的
大家都很努力地想辦法活下去，無怨無悔
對於大自然的細心觀察
無法正面思考的人是沒辦法來爬山的
所以我特別喜歡那些登山愛好者
及給人們的關愛眼神
同時也介紹了自家的商品及經營的一系列山中小屋
這款「燕饅頭」滋味真是棒得不得了
老闆太會做生意了…
原來如此…
與其不買這些饅頭而後悔，不如先買了再來後悔——
…又要買
大約50分鐘的座談會內容十分扎實
♪噗哇～

揭開期待已久的夢想序幕
隔天早上5點15分
天空籠罩著一層
比昨日更濃鬱的霧氣
我們靜靜等待
雲開天晴時候的到來
不少人都放棄等待
回到山中小屋
看來今天
是不可能了
就當我們也準備放棄的時候——
從東邊的天際破雲而出
雲海、山間、山中小屋、人群
全都被一把燦爛的金黃色緊緊擁住
僅僅的10分鐘
太陽盡情地
綻放耀眼的光芒

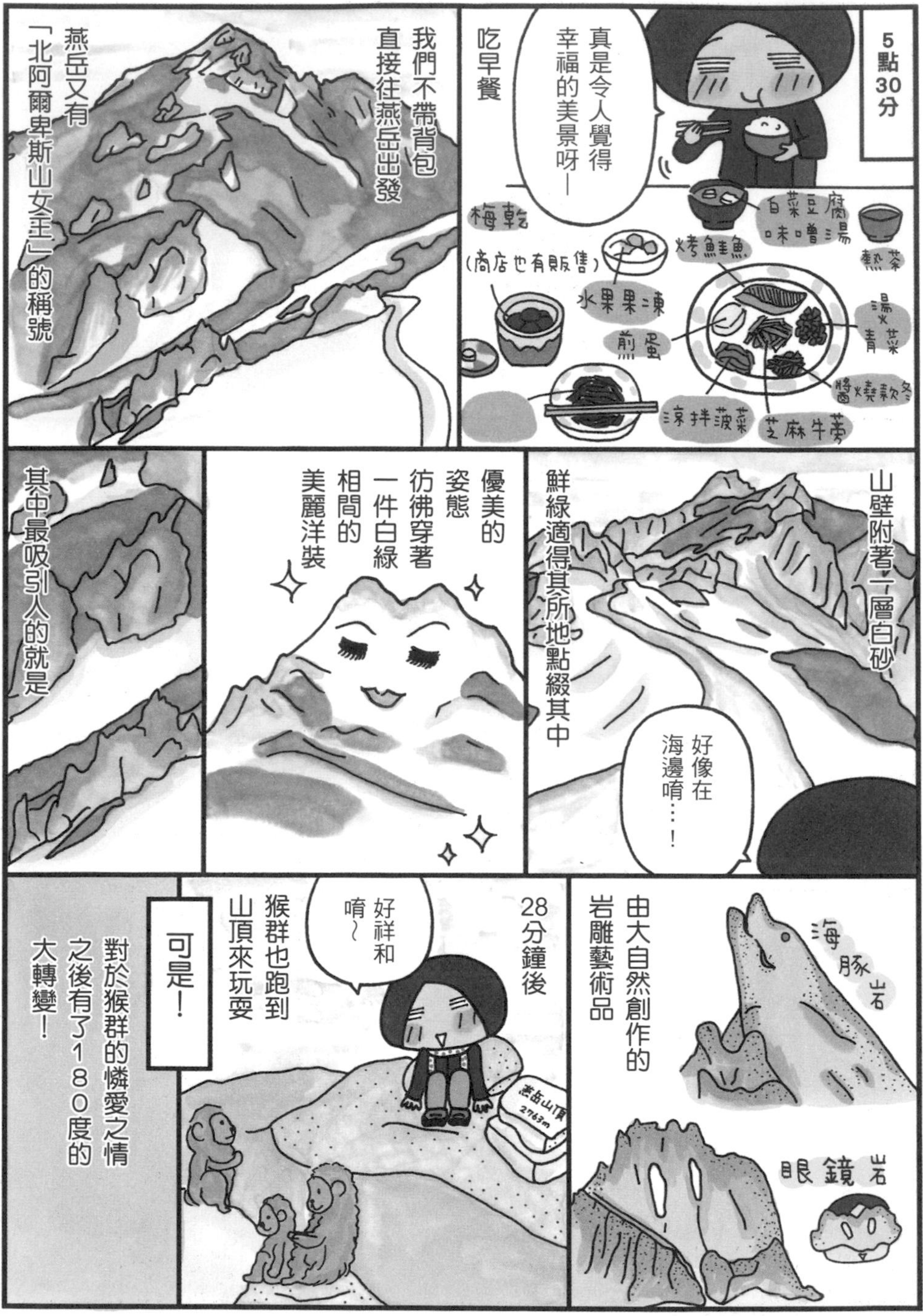

5點30分
真是令人覺得幸福的美景呀—
吃早餐
白菜豆腐味噌湯
熱茶
烤鮭魚
梅乾
(商店也有販售)
水果果凍
煎蛋
湯青菜
醬燒款冬
芝麻牛蒡
涼拌菠菜
我們不帶背包直接往燕岳出發
燕岳又有「北阿爾卑斯山女王」的稱號
山壁附著一層白砂、
鮮綠適得其所地點綴其中
好像在海邊唷……！
優美的姿態彷彿穿著一件白綠相間的美麗洋裝
其中最吸引人的就是
由大自然創作的岩雕藝術品
海豚岩
眼鏡岩
28分鐘後
猴群也跑到山頂來玩耍
好祥和唷～
燕岳山頂 2763m
可是！
對於猴群的憐愛之情之後有了180度的大轉變！

【2013 VOL.02・Freepaper】
大田3月新品快報

澎湃野吉旅行趣 ❷

《富士山我來亂了！》

日本人氣插畫家澎湃野吉（小澎），平時只愛拖稿，
不愛出門不愛運動，平時只吃便利商店的便當，
臉色一天比一天蠟黃，體重一天比一天沉重，
尤其愛拖稿的性格，已經快讓編輯們抓狂了！

決定要矯正澎湃野吉的編輯們，
提出了幾項改造計畫：
1.爬上富士山，成為日本第一的插畫家！
2.去築地買最能滿足心靈與身體需求的美味食物！
3.去鐮倉禪修矯正澎湃野吉歪七扭八的個性！
4.在家做熱瑜伽運動，自己做飯吃！
到底小澎能不能成功完成編輯交代的任務呢？

爬上富士山，成為日本第一的插畫家！

編輯病部落格http://titan3.pixnet.net/blog
編輯也噗浪http://www.plurk.com/titan3
大田出版在臉書http://www.facebook.com/titan3publishing
iPen i畫畫 FB粉絲專頁https://www.facebook.com/titan.ipen
電話：(02)25621383
地址：104台北市中山區中山北路二段26巷2號2樓

澎湃野吉◎圖文 張秋明◎譯

澎湃野吉（小澎）

本書作者，男♂
元祖（自稱）足不出户插畫家。
身為旅行系列書的作家卻不喜歡旅行。
因為總是窩在家裡，所以體力明顯衰退。
學生時期有過一次爬富士山的經驗，
但因為腦漿已邁入阿公級，早就記不太得了。
運動能力 ★½
體力 ½
◎專長：完全無視於截稿期限、音訊杳然

小澎在此出沒，
敬請密切注意!!

【澎湃野吉的一天】

去鎌倉禪修矯正澎湃野吉

天空上的黃金路線
連接往常念岳的山徑
是一條彷彿漫步在空中、3D立體美景一覽無遺的黃金路線！
而且中午之前我們要進入「表銀座」
所謂「表銀座」是指
從燕岳（中房溫泉）通往槍岳的超人氣縱走路線
燕岳
中房溫泉
槍岳
常念岳
我們在這裡
前方等著我們的會是什麼樣的世界呢？
為了這條夢幻路線
好棒的景色唷～！
上網搜尋
哇～
嗯嗯
訓練
畢竟是三大陸上坡…
爬樓梯鍛鍊肌力！
採買
試試看美麗諾羊毛襪吧…
試吃各種旅途小零嘴
酸酸的很好吃～
行前我做足了各項準備工作
但卻還無緣見到槍岳的廬山真面目

不過只要我繼續往前進，
應該就能清楚看見
一腳踏入憧憬已久的美麗世界
歡迎——!
喜悅與興奮
MAX!!
揮別了燕山莊內側的
金剛岩
往這個方向看過去
就是槍岳！（天氣
晴朗的話）
我會
再來的～
順著不太顛簸的起伏山路前進
呀呵～
30分鐘後
來到有
蛙石之稱的
巨大岩石
附近
這裡的岩石形狀就像圖畫一般，
彷彿身處於迪士尼樂園
這也太
奇妙了～！
據說以前形狀看起來很像青蛙，
只是如今已經模糊了…
搞笑雙人組
「ANONE
NONE」
ANONENONE?

一個是清水國明，另一個人的名字是啥？
我從剛才就一直想不起來，煩死了
幹嘛在這時候想這種問題呀？
爬山時腦袋裡偶爾會像這樣冒出一些有的沒的事情
咦？我也想不起來是叫啥名字來著…？
讓想像力天馬行空也是挺有趣的
我還記得他那張臉，斯斯文文的…
23分鐘後
抵達了眺望的好地方陸下坡頂端
大天井岳
依然看不到槍岳
山路從這裡起大幅度往下降100公尺
下去之後又得立刻再往上爬一樣長的山路
陸下坡
就在此時！
想像圖
哇，你看！很像劇團四季裡跳舞的大樹！
頂端這一帶的樹木由於受到強風吹襲，樹枝幾乎都朝同一個方向伸展
突然響起野獸的叫聲
呼吼呼吼呼吼呼吼
前方突然蹦出兩隻猴子
呼吼呼吼呼吼呼吼

不可以露出害怕的樣子！
吱—
面對獼猴時①
絕不能顯露出恐懼的神色
獼猴會試著威嚇對方，專找弱小的人欺負
呼吼
讓牠知道我們不想與牠為敵，請讓我們通過
心裡再害怕也千萬別學這個表情→
避免直視著對方，老公一步、兩步、三步慢慢往前走
呼吼
呼吼
猴群一動也不動
然後繼續往前跨出第四、第五、第六步
跳
猴群退開了
走到一半若是猶豫退縮會招致反效果，真的很害怕時不妨忽視牠們，在一旁等待時機或乾脆往後退！
不可以和牠們四目相接！
面對獼猴時②
不可直視對方
直視對方的話，獼猴會以為你在恐嚇牠（有可能飛撲過來）
呼吼
呼吼
獼猴原本是棲息在低海拔的動物…卻被迫遷徙到高山來其實也算是受害者
想想滿心酸的
唉～
更令人沮喪的是天上無邊無際的黑雲…

哇喔！
從陡下坡頂端
下來已經過了1小時20分
來到了這次唯一建有
鎖鍊與階梯的岩石區
稱為切通岩
的岩石區
(相對好爬多了)
但這裡最令人驚訝的
不是鍊條或階梯——
而是一張朦朦朧朧浮現、
看起來有點寂寞的人臉……！
作新道
是喜作！
喜作是
生於明治時代、
開拓表銀座後半段
（從此處到槍岳）
的登山高手
多虧
喜作
才有了
表銀座
路從這裡起至表銀座
（往槍岳方向）又開
燕岳
槍岳
北阿南部遭對協※
大天井岳山頂
大天莊
往今天最陡的
斜坡——
岩石崎嶇的山路
爬了40分鐘
此時好像故意要整我們似的
天上的黑雲
下起了雨
嘩啦
嘩啦
嘩啦
嘩啦
嘩啦
唉
很不想
穿這個耶
黃澄澄超人…

（譯註：遭對協，「山岳遭難防止對策協會」之簡稱）

一片霧茫茫當中
循著路線指示標誌前進
非常辛苦累人
我幹嘛來爬這座山哪……
事前明明準備了那麼久
原本還很期待的說
3D立體美景和槍岳都沒能順利看到
猴群的吼聲在耳內不斷響起
一點也不好玩—
嗚嗚
最難過的是
好不容易來到憧憬的地方
卻不斷發生令人沮喪的事情
深深感到自身的脆弱
啪沙—

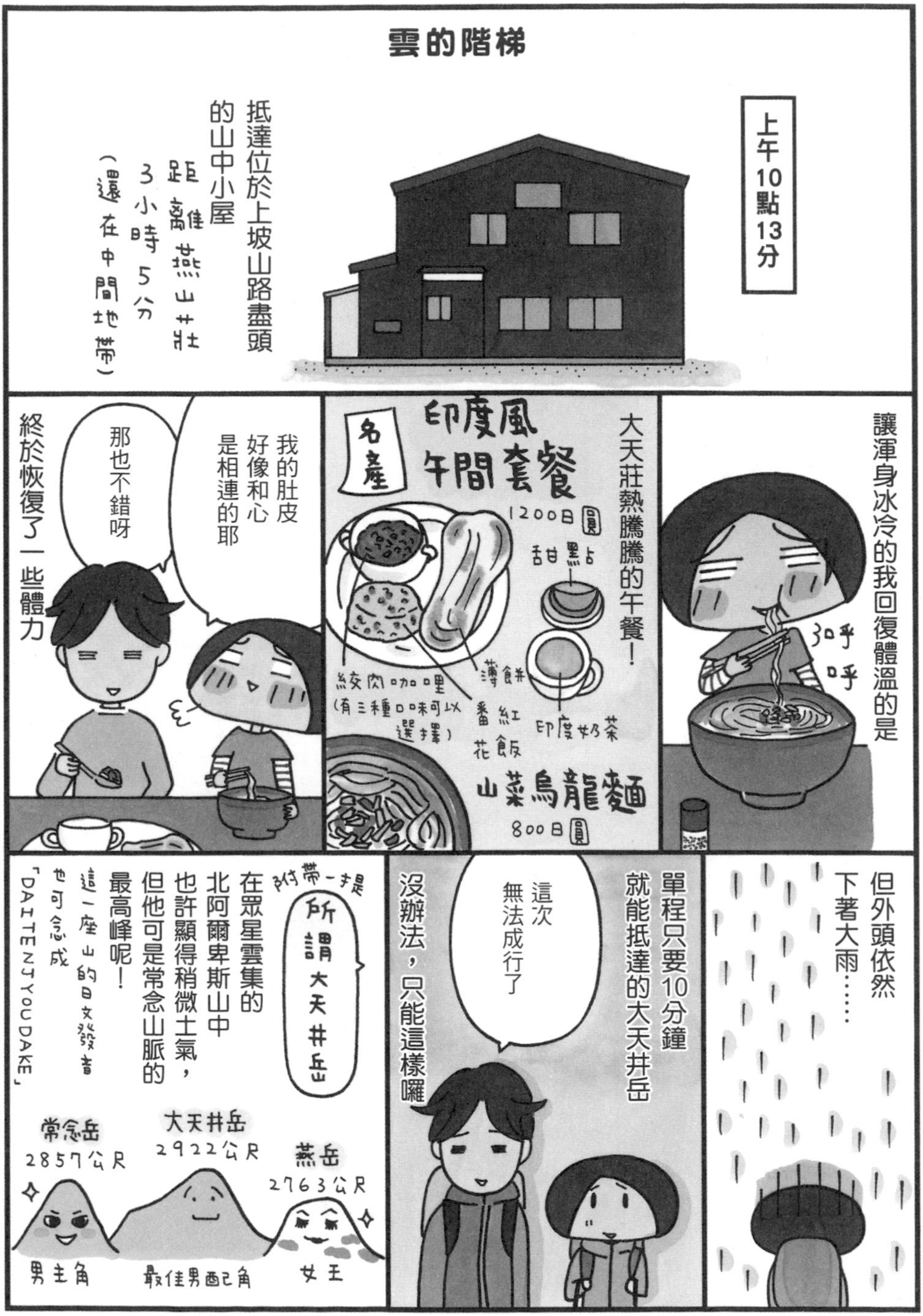
雲的階梯
上午10點13分
抵達位於上坡山路盡頭的山中小屋
距離燕山莊3小時5分
（還在中間地帶）
讓渾身冰冷的我回復體溫的是
呼呼
大天莊熱騰騰的午餐！
名產
印度風午間套餐
1200日圓
甜點
薄餅
絞肉咖哩
（有三種口味可以選擇）
番紅花飯
印度奶茶
山菜烏龍麵
800日圓
我的肚皮好像和心是相連的耶
那也不錯呀
終於恢復了一些體力
但外頭依然下著大雨……
單程只要10分鐘就能抵達的大天井岳
這次無法成行了
沒辦法，只能這樣囉
附帶一提
所謂大天井岳
在眾星雲集的北阿爾卑斯山中也許顯得稍微土氣，但他可是常念山脈的最高峰呢！
這一座山的日文發音也可念成「DAITENJYOUDAKE」
常念岳
2857公尺
男主角
大天井岳
2922公尺
最佳男配角
燕岳
2763公尺
女王

雨滴在雨衣上拍出霹哩啪啦的巨大聲響
我們繼續往前走……
會不會是槍神不歡迎我來呀
他就在那邊等著妳呢！
他一直在那片雲霧中等待機會出場呢！
樂觀先生
反正還有明天
萬一不行明年再來也行呀
嗯……
常念岳前面還有兩座山
常念岳
橫通岳
東天井岳
大天莊
幸好這些山可以循著山腰走，爬起來不算太累
問題是山路到了東天井岳底下呈銳角彎曲
直走的那條路路線凌亂，走起來很容易迷路
不知名山
常念岳
東天井岳
大天莊
最新資訊
這邊已經拉起了繩索
也立了警告標示
尤其是遇到濃霧時
千萬要注意！
從大天莊走了57分鐘
比較大的這一邊就是東天井吧？
嗯，往這邊走
在大霧中順利地通過此區

沒多久雨就停了
取而代之的是一片寂靜
彷彿這世上就只剩下我們兩個人
太安靜了……
哇～好舒暢呀
一遇到能獨享大自然的機會立刻情緒高昂的個性→
之後，彷彿打開了百寶箱，令人驚喜的相遇一個接一個發生了
啊！
驚喜①
雷鳥（特別天然紀念物）
而且數量多得很！
為了躲避天敵老鷹，幾乎都是在大雨霧出現時才會出來活動
大家好
接著15分鐘後
出現在岩石背面的是
沙
驚喜②
小白貂

這個長相可愛的傢伙
其實是會吃雷鳥的
肉食動物
不過白貂目前也屬於
瀕臨絕種的生物了……
還有
呱 呱
驚喜③
星鴉
身上有星狀斑點
是個四處找尋
偃松果實的貪吃鬼
※偃松＝一種盤踞在高山地面的松樹
從東天井岳走了
1小時15分
當我們開始
要進入第二座山
橫通岳的山腰時——
出現了！
浮現在雲海之上的是
驚喜④
槍神！
前方的雲霧早已飄散
巨大的常念岳身影
矗立在眼前
就在那裡！

路線只剩下最後的30分鐘
下降距離是陡下坡的兩倍
橫通岳
常念岳
腳下的景色豁然開朗
太棒了——是常念小屋！
鑽進林間
好長的路唷~
終於來到今晚的投宿地點常念小屋
下午2點7分
耶——
敦子，是雷鳥耶！
哇！
我從沒看過耶！
在小屋外面走來走去的鳥類
咕嚕
那是鴿子吧!?
悄聲
如假包換的鴿子！
驚喜⑤
鴿子……
要跟他們說出真相嗎……
猶豫了一下機會就跑掉了……
躊躇——

常念小屋
一路辛苦了
關於這個山中小屋
・位於常念岳與橫通岳之間的常念乘越（2450公尺）
・可容納300人
・沒有個人房
・房間的數量很多，空房夠多的話也可要求當個人房租用
・蹲式廁所（西式）
我們兩人使用了可供六人住宿的房間！
天候不佳因此空房間超多
吃了一些在販賣店買的零嘴
名產
信州名產味噌麥麵包
山中小屋價格400日圓
味噌麥麵包
柿種米果100日圓
散發著淡淡味噌氣味的香甜麥麵包
迷你乳酪50日圓
下午5點30分吃晚餐
南瓜沙拉
番茄
高麗菜
橘子&葡萄柚
燒賣
燴油豆腐
四季豆
烤豬肉片
醃漬泡菜
白飯和白蘿蔔味噌湯可免費續碗
水果果凍
被雲霧遮住了身影的槍岳
是槍仔！
再度重現英姿
槍岳一現身，大家都變得跟孩子一樣
哇～
喂 槍仔～！
好呀！
太好了～
男女老幼全都雙眼發亮
能夠一起分享這種喜悅真是太棒了
酷呀！
好美～
太好了～

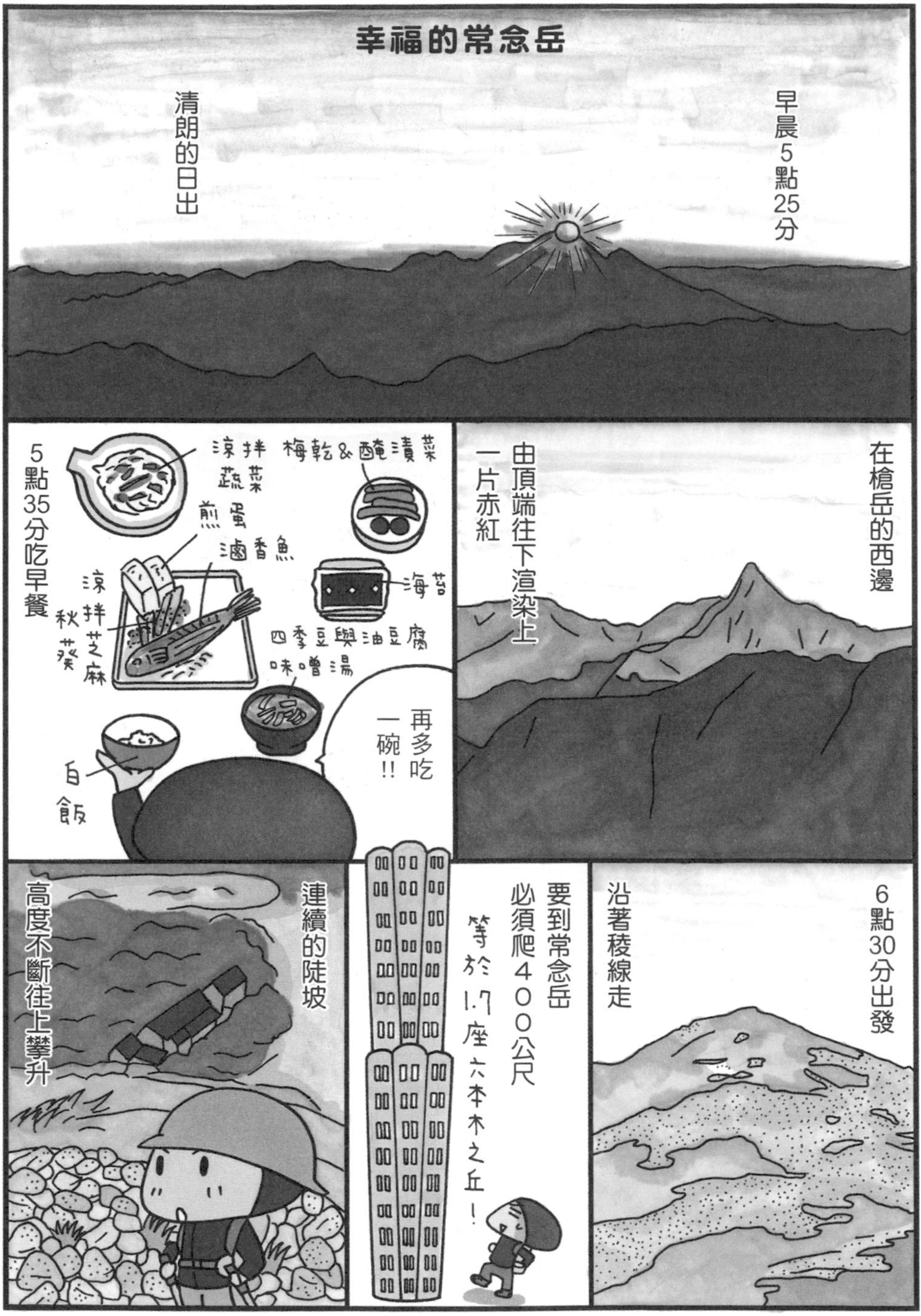
幸福的常念岳
早晨5點25分
清朗的日出
在槍岳的西邊
由頂端往下渲染上一片赤紅
5點35分吃早餐
涼拌蔬菜
梅乾&醃漬菜
煎蛋
滷香魚
海苔
涼拌芝麻秋葵
四季豆與油豆腐味噌湯
白飯
再多吃一碗!!
6點30分出發
沿著稜線走
要到常念岳必須爬400公尺
等於1.7座六本木之丘!
連續的陡坡
高度不斷往上攀升

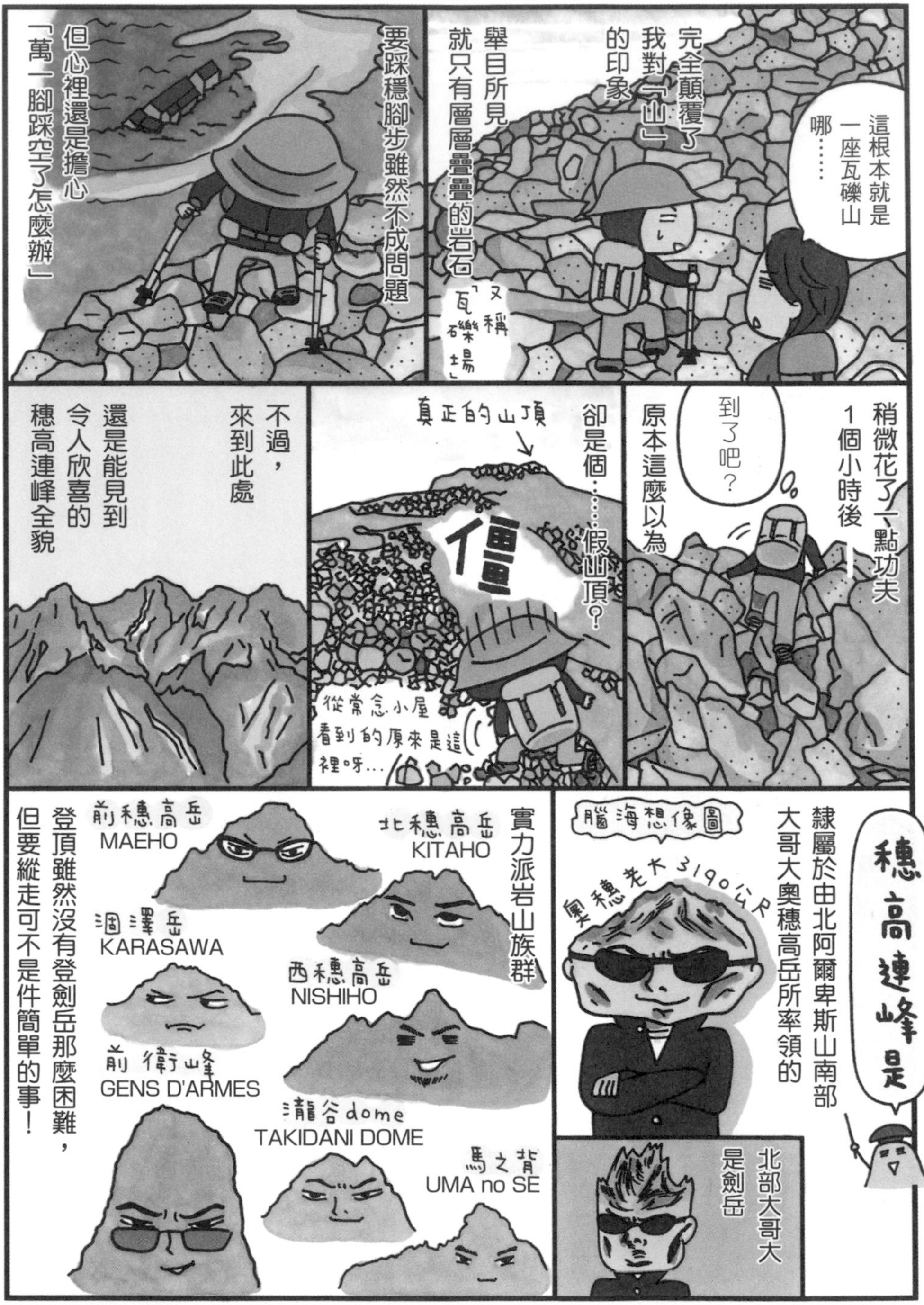

這根本就是一座瓦礫山哪……
完全顛覆了我對「山」的印象
舉目所見就只有層層疊疊的岩石
又稱「瓦礫場」
要踩穩腳步雖然不成問題
但心裡還是擔心
「萬一腳踩空了怎麼辦」
稍微花了一點功夫1個小時後
到了吧？
原本這麼以為
卻是個……假山頂？
真正的山頂
從常念小屋看到的原來是這裡呀…
不過，來到此處
還是能見到令人欣喜的穗高連峰全貌
穗高連峰是
隸屬於由北阿爾卑斯山南部大哥大奧穗高岳所率領的
腦海想像圖
奧穗老大 3190公尺
北部大哥大是劍岳
實力派岩山族群
北穗高岳 KITAHO
前穗高岳 MAEHO
涸澤岳 KARASAWA
西穗高岳 NISHIHO
前衛峰 GENS D'ARMES
瀧谷dome TAKIDANI DOME
馬之背 UMA no SE
登頂雖然沒有登劍岳那麼困難，但要縱走可不是件簡單的事！

※還有其他等等

大切戶是
位於槍岳與穗高連峰之間
稜線突然斷開的地方
是登山老手才有辦法挑戰的高難度路線
穗高連峰
槍岳
大切戶
整段山路都屬於高難度
大切戶的念法是「Dai Kireto」
那個就是大切戶吧？要怎麼走才好呢？
附帶一提
用語解說
槍之穗先是指
槍岳的頂端（穗先）
槍・穗是指
槍岳及穗高連峰的合稱
唉唷～搞得我頭昏眼花了
從假山頂之後又爬了23分鐘
打從昨天就出發
一直朝著它前進的山頂
感覺就快出現了
一路走來……
全靠自己的雙腿一步一步爬到
這個地方

如果每年都能看到
這裡的景色
這輩子
應該都會覺得很幸福吧
支撐我一步一步
爬上來的動力
正是無論何時上山來
都能見到這幅美景的
安心感哪

來到這裡真是太好了
真捨不得下山哪
沒想到日本還有這樣的好地方呢
大家都來親眼瞧瞧吧
希望全世界的人都能看到這裡的美麗景色……
濃霧、大雨、猴群瞬間全成了這裡的特別演出
蝶岳
常念小屋
常念岳
擺出槍神的姿勢拍照留念
回程
橫通岳
迎著昨日走來的路線下山
就這麼繼續走個一個月也不錯呀
樂觀先生
1小時23分鐘後回到常念小屋
預約下山的計程車
小屋
我們3小時40分鐘後會抵達
請注意!
位在登山口的一之澤沒有公共電話,手機也收不到訊號,一定要記得先叫車唷
稜線附近可以收到DoKoMo的訊號
(只有夏季)

漫長小旅行結束之前
下山的 course time 是2小時50分鐘
沿著鋪設完善的道路而下
天氣真好哪
上面的風景超讚的！
腎上腺素飆升中
搭直升機上山的話看得到相同的美景嗎？
若是一路都是晴朗的好天氣，我還會有與此刻相同的心情嗎？
你好
景色很棒唷！
不僅只是常念岳
山與每個人的相遇都是有緣分的
緣分到了，自能見識到山最美麗的一面
萬歲—

一個人也好，
一群人也罷，
能夠置身於
大自然中
是美好的
它給了我明天、
明年甚至10年後
繼續活下去的勇氣
我要把這些風景
好好收藏在心底
山神
3小時29分鐘後
平安下山
下午1點40分
搭了16分鐘計程車來到
「holiday-you～四季之鄉」
在又大又舒適的溫泉池裡暢快地
把三天份的澡一次洗淨
啪
啪
啪
啪
噗哇～
關於這個溫泉
・安曇野蝶岳溫泉
・無色透明
・鹼性單純低弱冷礦泉
（氡）
・從露天溫泉
可遠眺常念岳
・具有消除肌肉痠痛
與全身疲勞的功效
成人500日圓

在館內的「四季」餐廳吃午餐
&喝啤酒♥
名產
信州鮭魚丼
1050日圓
入口即化的信州鮭魚搭配茗荷與洋蔥滋味超讚！
生啤酒
650日圓
山賊燒定食
900日圓
醬汁風味極佳的信州著名油炸料理
要回家了耶，有點捨不得
對呀
啊…
原田！
是原田伸郎啦！
你還在想喔？
呼～心情真暢快呀太棒了－
真的很棒呢
從安曇野望見的常念岳美極了
登上常念岳欣賞到的風景更是棒
一邊看著常念岳心裡默默想著——
「好羨慕現在待在那裡的人呀!!」

常念岳照片集錦

吃得精光

撒嬌模樣「山男石像」

不愧是燕山莊系列呀!

燦爛的日出光輝

燕山莊的現做料理

再一碗

咕呱咕呱

音樂家嗎？

常念岳照片集錦

驚喜③

星鴉

驚喜②

小白貂

驚喜①

雷鳥

以及…

咕嚕咕—

鴿子…

再多都吃得下★

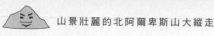

槍神～♡

✧華麗的山中早晨✧

瓦礫山

常念小屋的

簡潔便當…

紅豆迷的精選特產

這件很有置身山中的氣氛吧？

我最愛的土產

化學纖維快乾T恤

買了決不會後悔啦

集結了日本明星級高山的北阿爾卑斯山。
雖然是海拔將近3000公尺的險峻山群，
依然吸引了諸多登山客前來朝聖。
這裡的登山路線整理得十分完善，
走起來甚至比低海拔的山更加輕鬆容易。
「沒想到高山上的世界如此寬闊美麗！」
「日本真是個好地方~~！」對稜線的讚嘆聲不絕於耳。
在常念山親身體驗的感動至今依舊記憶鮮明，更成為我每日積極向前的動力。
不僅是槍岳，曾經成功登頂的富士山、立山，以及木曾駒岳，
我都曾身歷其境，欣賞過它們的360度絕景。
燕山莊不論是氣氛還是服務都是一百分！
常念小屋的工作人員也都非常俐落且充滿活力，讓旅客覺得安心又舒適。
縱走時從早到晚都待在山上，靠著自己的雙腳從一山走過另一山，沿途欣賞群山美景，
這種感覺真是棒透了，真希望能夠像這樣繼續走下去。

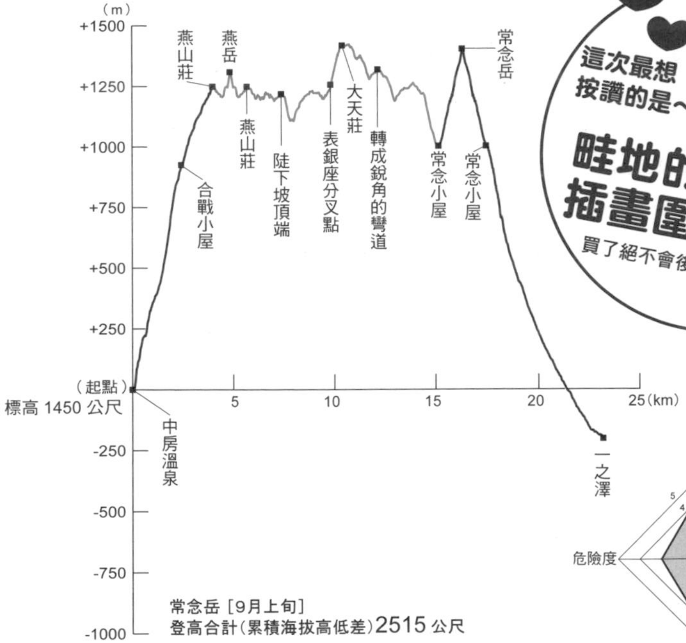

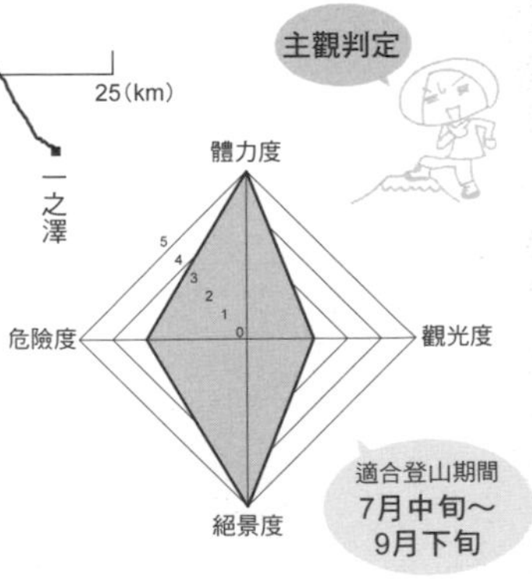

➡DATA
●安曇野市觀光協會 ☎0263-82-3133 http://www.azumino-e-tabi.net/
●燕山莊・合戰小屋 ☎090-1420-0008 http://www.enzanso.co.jp/
●大天莊 ☎090-8729-0797 http://www.enzanso.co.jp/daitenso/
●常念小屋 ☎099-1430-3328 http://www.mt-jonen.com/
● Holiday-you ～四季之鄉 長野縣安曇野市堀金烏川11-1 ☎0263-73-8500 http://www.holiday-you.co.jp

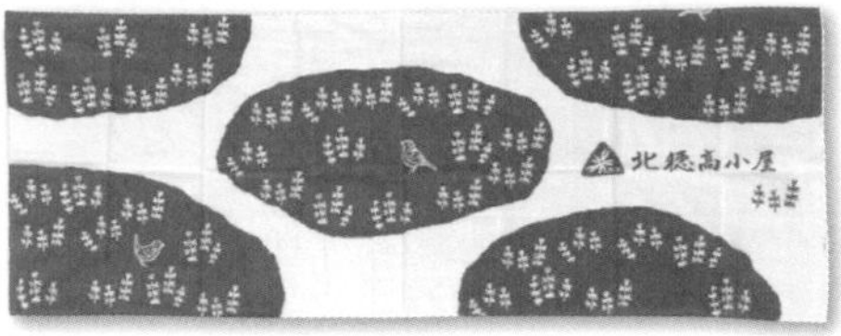

購於北穂高小屋。
草地上的小小身影
是雷鳥嗎？

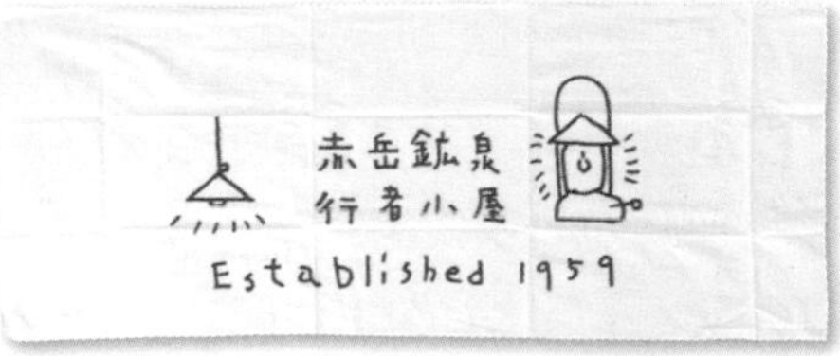

購於行者小屋。
可以欣賞到澤野
HITOSHI老師的插畫作品。

購於嘉門次小屋。
嘉門次先生的側臉畫像
令人印象深刻。

購於尊佛山莊。
鹿的存在感
十分強烈！

購於穗高岳山莊。
前衛峰的英姿
非常傳神。

購於南岳小屋。
透過窗戶看見的山景
漂亮極了。

購於槍澤小屋。
稜線和雲海喚起我
許多美好的回憶。

我的登山服裝

來介紹一下我登山時實際的穿著搭配。

屋久島篇

［4月下旬］

從白谷雲水峽走到
宮之浦岳・黑味岳的
2天1夜縱走裝扮（101頁）

帽子
（CA4LA）

化纖長袖上衣
（everworm）
使用具保濕及快乾效果的化纖材質。剛剛好的合身感，適合多層次穿搭。

連帽外套（mammut）
採用防風材質製作，防風效果非常棒的外套。穿在身上活動自如，側面的整條拉鍊設計，散熱快、穿著舒適。

T恤
（Columbia）
鮮豔的色彩與纖瘦的剪裁令人喜愛。

戶外運動短裙（Berghaus）
伸縮性佳，走起路來非常舒適方便。口袋的位置與大小恰到好處，活動時非常派得上用場！

化纖內搭褲
（Fairydown）

襪套
（nbazaro）

PhD登山中統襪（smartwool）
以觸感柔細、保濕效果絕佳的美麗諾羊毛製成的毛襪。不易沾染臭味。

支撐機能貼腿襪
（C3fit）
能夠支撐膝蓋與腰部，減輕疲勞感。穿在內搭褲裡面。

ZERO-45/50（fox fire）
拿取睡袋等也非常方便的上下兩段式設計。眾多的口袋與從側面可拿取物品的構造使用起來十分便利。45～50公升。

70-GTX
（sirio）

奧高尾篇

［10月中旬］

從陣馬山走到
景信山・高尾山的
一天來回登山裝扮

帽子
（CA4LA）

WIC breeze spun
條紋長袖T恤
（mont-bell）
透氣性佳，流汗時也不容易黏膩。具有抗UV機能。

連帽外套
（THE NORTH FACE）
具防風效果的薄外套。外套能夠整個收進收納袋內。150公克。

PPSU T恤
（FJÄLLRÄVEN）
很喜歡它袖子偏短的設計。

機能長褲（fox fire）
伸縮性佳，穿起來非常舒適，最適合不喜歡衣服穿起來太鬆垮的人！

AURA25（OSPREY）
與背部能夠保持些微空隙，透氣性佳的輕量背包。移動中能將手杖插在背帶腋下位置的設計十分便利。當天來回的話，25公升的款式最恰當。

AT PLUS GTX（montrail）
輕型的攀岩鞋。行李不多時，穿這個會比穿登山鞋走路輕鬆許多。

厚襪
（bridgedale）

原來如此呀！
不知不可的登山知識
如何在山中小屋過夜
山中小屋和一般的旅館不太一樣哦
說說看有哪些地方不同吧
睡大通鋪……
不能洗澡……
沒錯
其他還有像是「定時關燈」「自己把垃圾帶走」「不能使用肥皂類用品」等等
而且住宿大多不需事先預約
我們來看看實際的投宿情況吧
抵達
精神抖擻地入內打招呼
你好！
歡迎！
重點① Check in時間大概在下午2點左右
位於稜線的山中小屋請在3點、山腰的小屋請在4點前抵達
重點② 先支付住宿費
一共8500日圓
下雨的話
和在家時一樣耶
重點③ 在玄關先將雨衣和鞋套脫掉。
有時有附設用來晾衣服的乾燥室
重點④ 把濕衣服掛在乾燥室或乾燥的空間
不可以一個人用衣架占據大片位置哦
房間
原則上睡的是大通鋪所以不能在房間內飲食
重點⑤ 行李要收拾整齊不可四處亂丟
個人房雖然要多花點錢但住起來舒服多了
可以穿睡衣嗎？
幾乎沒有人穿睡衣唷，大多是穿隔天出門要穿的服裝
刷牙・洗臉
可以使用不含皂類的牙膏和洗面乳（有部分小屋則是完全不准使用）
重點⑥ 禁止使用含皂類用品（即便是環保產品也不行）
最近有不少小屋引進淨化槽，允許旅客使用肥皂類用品
重點⑦ 節約用水
水資源十分珍貴，一定要節約使用。衣服請帶回家再洗
搓搓
晚餐&熄燈
晚餐時間在下午5～6點熄燈時間大概在8～9點
重點⑧ 有些人很早就睡了，晚餐結束後要聊天請到食堂或聊天室
早餐&飲水
早餐時間為上午5～6點
飲用水從免費～每公升200日圓左右都有
出發
大部分人早上6～7點就出發了
謝謝
住宿山中小屋不需要辦理check out手續
重點⑨ 各自將棉被摺好後再出發（大清早就出發的話不摺也OK）

6月中旬

八岳・天狗岳

童話森林與山中小屋

造訪北八岳
孩提時期，
故事書中的森林
長得就是這個樣子
河裡面是潺潺流水
地面覆蓋著一層青苔
美好的景色
無限延展
身處於
鬱鬱蒼蒼的綠蔭中
卻覺得十分明亮
已經不再有車輛行駛
的鐵軌
蜿蜒出一道美麗的弧線
感覺就像誤闖了仙境，
此時此刻的美景
真是一言難盡——
這裡是
北八岳的森林

小智，
有恐龍耶！
陪我一起爬山的是
在戶外活動雜誌中
經常出現的四角友里
四角友里的野外生活
她是我開始爬山之後
才認識的朋友
對我來說這工作就等於是「女人味鑑定宗師」呀
本業竟然是指導和服穿法的老師！
今天是一直
都是住帳篷的
友里第一次投宿
山中小屋的日子
我們朝著眼前逐漸浮現身影
的山中小屋前進
白葉冷杉小屋——
就立在池畔
松鼠、小鳥在窗邊嬉戲
這裡可以吃到以木柴窯燒而成的
厚片土司
偵查隊長
山中小屋料理
是我一直很想去
住住看的山中小屋

茂密的森林
早上10點32分
從登山口稻子湯出發
歡迎光臨
稻子湯
迷你資訊
這裡可是有碳酸溫泉的名湯唷(聞得到鐵質與硫磺的味道)
咻咻～
穿過百花齊放的道路
真漂亮
走進覆著薄苔、綠意盎然的森林中
行李好輕唷～!
與住帳篷的不同之處
不必帶著帳篷毯子睡袋爐子，也不需準備早餐與晚餐
19分鐘後走回到「綠池入口」巴士站
其實，我們剛才搭來這裡的巴士
雖然巴士路線有經過「稻子湯」之前的「綠池入口」站
但我們想以步行方式走這段路，特地在終點站稻子湯下車
白葉冷杉小屋
綠池入口
登山道路
稻子湯
越過柵欄再次踏入登山路線
柵欄是管制車輛用的，即使是關著的，登山客也可自行通過

（譯註：毬藻娃娃，北海道阿寒湖一帶流行的毬藻造形公仔）

好可愛～
這是什麼!?胖嘟嘟的青苔～
綠池 慢慢爬的話 30分鐘
稻子湯 大約1小時
竟然說「用爬的話只要30分鐘」
爬爬爬
那麼大概15分鐘就會到吧？
實際上一般人還是得花30分鐘左右…
享受著豐富的芬多精
從稻子湯
小智，有恐龍！
真的耶！
走了2小時30分鐘
抵達白葉冷杉小屋
下午1點2分
好可愛的招牌——
櫃台
哈，這個也很可愛
哇，這個更可愛
喀擦
偷窺狂？

森林中的溫馨小屋
關於這個山中小屋
・位於綠池池畔（2030公尺）
・輕食與早餐提供的咖啡和土司特別受歡迎
・盡量使用當地的食材
・全年無休
・可容納60人左右
・有部分付費個人房
・乾式生態化廁所*（日式&西式）
您好——
安靜的室內散發著一股燃燒柴火的氣味
這個由一家人經營的小屋
今天就只有老闆娘一人——
歡迎光臨，請進
以及躲在桌子底下的2隻小狗
安靜的阿吉♂
男生(從衛生局領養來的)
LUCKY ♀
眼睛看不見的老婆婆
享受美味的熱茶與稍微休息之後
名產
山白竹茶 & 花林糖
房客可免費享用
風味飽滿的熱茶超適合搭配香甜的花林糖♥
好溫暖唷

（譯註：乾式生態化廁所，Bio-toilet，利用微生物分解排泄物的環保型廁所）

（譯註：花林糖，一種將麵粉團油炸後撒上砂糖的棒狀甜點）

我們兩人住了一間大通鋪
有暖爐桌耶～
梅雨季節的平常日客人不多
既然雨已經停了
晚餐之前我們先到外頭散散步
哇，好多木柴唷！
全都砍好了呢…
這裡的時間不任由時鐘擺布
而是由
太陽的位置、風的溫度及鳥兒的歌聲來決定
啾啾—
只要置身於大自然的懷抱，心就變得敏銳了起來
傍晚5點30分享用家庭晚餐料理
可自由續碗的白飯
好吃～
餃子
炸竹筴魚
滷款冬菜
非常入味的滷味
高麗菜
涼拌豆腐
水果酒(梅子)
蜜汁芋頭
使用自家製味噌湯
當炸
歸土
好吃～
睡覺之前在房間做些什麼
女性魅力鑑定
為了明天的活動而拉筋
喀滋喀滋
試吃明天要帶的零食(洋芋條)
1人不及格！

隔天早上
好幸福唷～
被晨光喚醒
6點吃到期待已久的早餐！
名產
以柴火窯烤的吐司早餐
以水果酒裡的梅子製成的手工果醬
天然酵母吐司（奶油口味）
乳酪
水煮蛋
現煮咖啡（500日圓）
※人多時有可能改成白飯（請事先洽詢）
香腸
鮮蔬沙拉
再多吃個幾片也沒問題～
果醬好好吃唷♥
麵包無限制提供，可以再追加唷
麻煩老闆娘了
聚集在窗邊的松鼠和鳥兒
如鏡面般閃著亮光的池水
以及
接下來我們即將要攀登的天狗岳遠遠顯現的英姿
天狗飛行的姿態
承蒙照顧了
我們還會再來的！
不同於昨日
我們走在陽光四溢的
平坦山徑上

崎嶇的天狗岳
很久很久以前富士山與八岳
淺間女士
我是日本第一！
您在開玩笑吧？我才是日本第一高呢
權現先生
彼此爭論著到底誰才是日本第一高山
八岳
富士山
於是在兩山之間架上一節管子，從上面倒水
啪
沙
水於是往富士山的方向流去
哼哼，妳瞧！
生氣的富士山
不可原諒！
使勁地往八岳頭上一敲
乒
咚
從此以後
她就得以穩坐在日本第一的寶座上了！

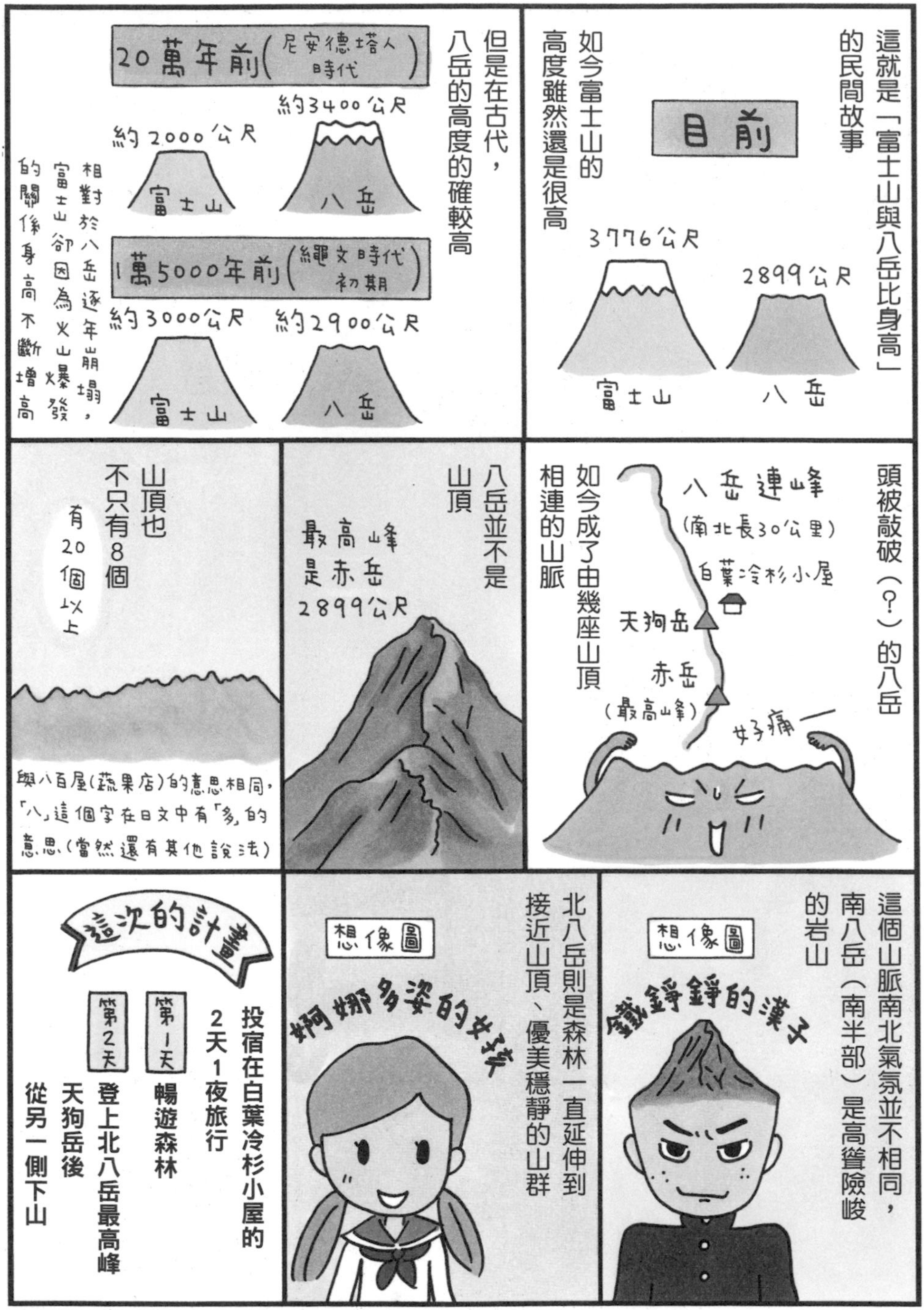
這就是「富士山與八岳比身高」的民間故事
如今富士山的高度雖然還是很高
目前
3776公尺
2899公尺
富士山
八岳
但是在古代，八岳的高度的確較高
20萬年前（尼安德塔人時代）
約3400公尺
約2000公尺
八岳
富士山
1萬5000年前（繩文時代初期）
約3000公尺
約2900公尺
富士山
八岳
相對於八岳逐年崩塌，富士山卻因為火山爆發的關係身高不斷增高
頭被敲破（？）的八岳
如今成了由幾座山頂相連的山脈
八岳連峰
（南北長30公里）
白葉冷杉小屋
天狗岳
赤岳
（最高峰）
好痛——
八岳並不是山頂
最高峰是赤岳
2899公尺
山頂也不只有8個
有20個以上
與八百屋（蔬果店）的意思相同，「八」這個字在日文中有「多」的意思（當然還有其他說法）
這個山脈南北氣氛並不相同，南八岳（南半部）是高聳險峻的岩山
想像圖
鐵錚錚的漢子
北八岳則是森林一直延伸到接近山頂、優美穩靜的山群
想像圖
婀娜多姿的女孩
這次的計畫
投宿在白葉冷杉小屋的2天1夜旅行
第1天
暢遊森林
第2天
登上北八岳最高峰天狗岳後從另一側下山

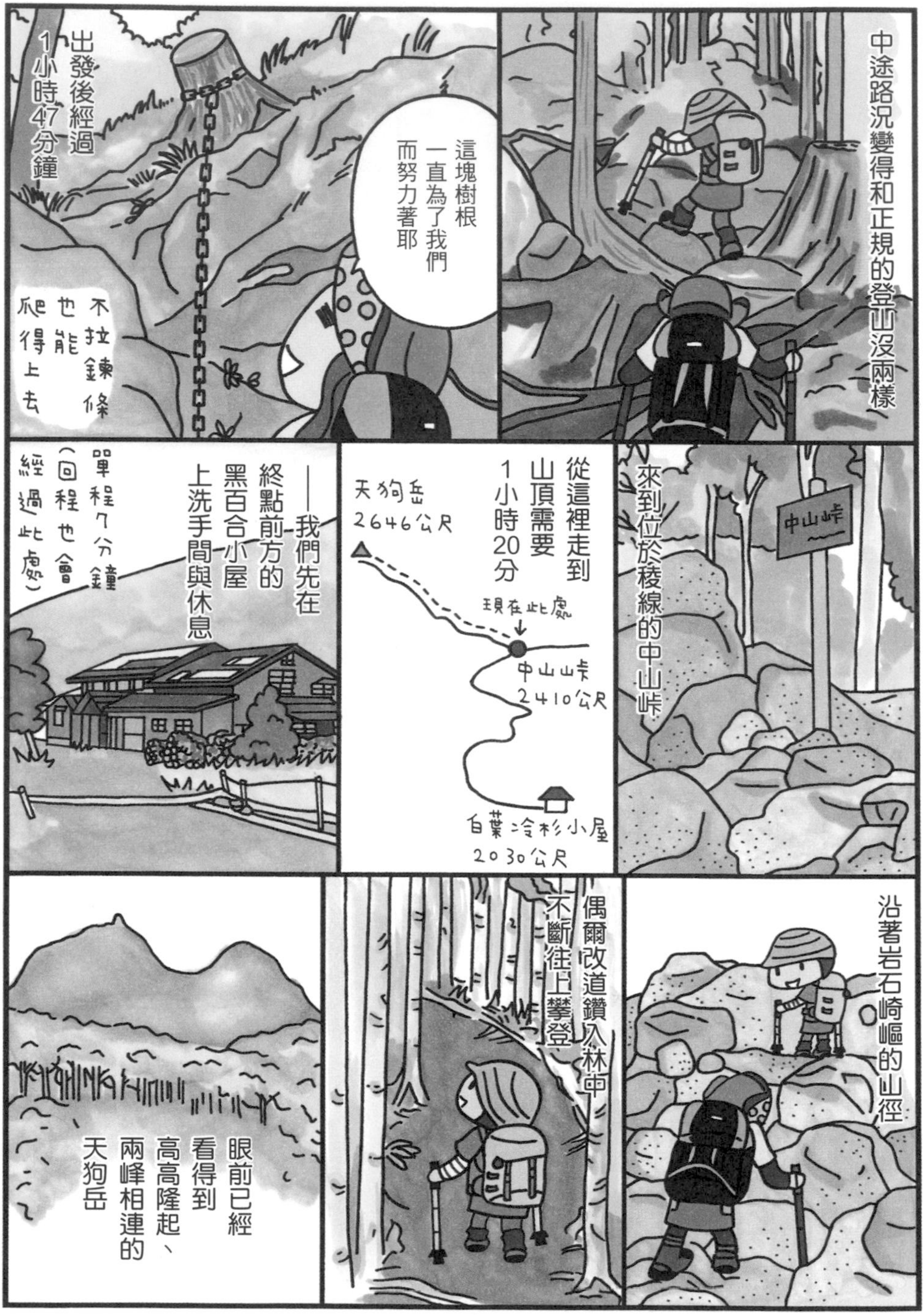
中途路況變得和正規的登山沒兩樣
出發後經過1小時47分鐘
這塊樹根一直為了我們而努力著耶
不拉鍊條也能爬得上去
來到位於稜線的中山峠
中山峠
從這裡走到山頂需要1小時20分
天狗岳
2646公尺
現在此處
中山峠
2410公尺
白葉冷杉小屋
2030公尺
——我們先在終點前方的黑百合小屋上洗手間與休息
單程7分鐘
(回程也會經過此處)
沿著岩石崎嶇的山徑
偶爾改道鑽入林中
不斷往上攀登
眼前已經看得到高高隆起、兩峰相連的天狗岳

天狗山實際上是由兩座山並列的雙耳峰
東天狗岳
西天狗岳
單程20分鐘
看起來很像耳朵故稱為「雙耳」
這次的目的地是東天狗
從白葉冷杉小屋看見的正是東天狗
西天狗的高度為2645.8公尺
東天狗則是高度不明
一般的說法是2640～2646.3公尺，但至今依然沒有正式的測量數據
2646.3公尺是森林管理處的資料
山頂標示的是2646公尺
海拔二六四六米
國家地理調查研究所並沒有進行官方測量的打算
個人部落格上寫的是2640公尺
也就是說，沒有人知道東西兩山究竟是哪一座山比較高……
結論
大概差不多高
抱歉，本人能力有限
磕頭
看來只好也架上一節管子倒水量看看了…
另外
忍不住想伸手摸摸看…
西天狗上置有三角點，這個三角點是測量用的，並非表示最高點唷
東天狗上有個稱為「天狗之鼻」的岩石
山頂被它擋住所以看不見
抱著像是在玩「一二三木頭人」遊戲的感覺一步一步朝它靠近
偷瞄

一點兒也沒有婀娜多姿的感覺耶
【婀娜多姿】儀態柔美，風姿綽約的模樣
路況雖然稱不上險峻但一路都是石塊，非常不好走
凹凸崎嶇
沿途的美景鼓勵著我們繼續前進
黑百合小屋
已經走到這個地方囉
最後繞回天狗之鼻的所在之處時——
很明顯地一點兒也不婀娜多姿的山頂倏然出現在眼前！
根本就是片不毛之地呀——
距離黑百合小屋1小時48分鐘——
終於抵達了山頂
東天狗岳根本就是個鐵錚錚的女子吧？
東天狗岳雖然被分類至八岳，但就外表而論該納入南八岳

目擊★四角友里本人
一小步一小步
慢慢走到山頂來
雖然理所當然
還是令人開心不已
到了耶～
而友人的笑容
又讓這種喜悅之情
加倍不少
一邊欣賞硫磺岳（南八岳）的爆裂火山口
吃零嘴時間
女性魅力鑑定
魚肉香腸與吃剩的洋芋條
櫻桃與小番茄
又是1人不及格！
友里妳看～西天狗蛋糕耶♥
託手中櫻桃之所賜，女性魅力鑑定敗部復活！
在山頂悠哉地休息了一會之後
我們從另外一條路線走回黑百合小屋
黑百合小屋
下山
中山峠
去程
回程
西天狗
東天狗
這一帶稱為天狗之奧庭*
山徑上遍布著比剛才更巨大的岩塊
稱為岩原（岩石比「瓦礫場」的更大）

（譯註：奧庭，內院之意）

啊！
是四角小姐！
我是您的粉絲耶~!!
謝謝
妳好妳好
跟妳無關吧
7年前，友里在紐西蘭登山時
遇到穿著登山裙來爬山的女性大為驚豔
我的好朋友生產之後因為體型改變的關係，就不爬山了
但一穿上登山裙
她馬上又開開心心地去爬山了
因為可以修飾臀部的線條呀—
為了讓更多女性體會登山的美好與樂趣
之後友里都是穿著登山裙出現在各種戶外運動雜誌
四角友里的戶外活動裙裝
尾瀨散步
其實剛開始時
我也有這樣的疑惑
穿登山裙去爬山好嗎？
嘗試著穿穿看才發現活動起來十分方便
再也回不去穿長褲的日子囉！
這是我的真心話
以化纖內搭褲作多層次搭配
當然還是會依季節或當地氣候換穿長褲啦
我是看了四角小姐的文章之後才開始爬山的唷
謝謝妳們
不客氣不客氣
跟妳無關吧

1小時36分鐘後來到天狗之奧庭的邊界處
眼下就是黑百合小屋了
看到了！
從超級陡峭的岩石往下繼續爬了10分鐘
野外大冒險
下午1點44分抵達
黑百合小屋
比Course time 多花了1.5倍的時間…
另一邊是要越過一座池子的天狗岳！
喝了酸酸甜甜的紅茶稍作休息
名產
越橘紅茶 450日圓
將越橘果醬摻入紅茶內
關東煮 500日圓
熱可爾必思 350日圓
紅茶配關東煮好奇妙的組合唷
館內的少女氣氛
黑百合造型♥
入口的招牌
黑百合小屋
紀念章
彩繪玻璃
晚餐還有提供手工蛋糕呢！
女孩風
KURO YURI
登山徽章
好可愛
與山男（酒吧）氣氛並存
濁酒 五郎 八
誘人的海報！
也有提供
八海山
整瓶1700日圓
在地酒
黑百合
好想喝喔
而且還有沖水馬桶，非常乾淨
有木頭的味道耶～
八岳是最早改善洗手間設備的山區，黑百合小屋則是引進的第一人

充滿妄想的回程路
回程我們沿著森林裡的道路走到唐澤礦泉
Course time為1小時35分
白葉冷杉小屋真的很棒耶～謝謝妳帶我來！
我自己也玩得很開心呀！
很想下次再來呢
雖然沒有華麗的裝潢也沒有特別的招待，卻十分親切的山中小屋
整個小屋的造型也很有童話的氣氛
整個小屋的運作簡直就像是活生生的童話王國
炊煙裊裊
按下按鈕浴缸的水會自動加熱
插上電源就能上網
比起那些地方這裡根本就是個如假包換的童話王國呀
嗶嗶
我們一邊慢慢享受著森林的美好
真高興來到這裡——
一不注意還搞錯了2次終點的方向
是那間紅色的屋頂吧？
哇～
不是海市蜃樓是海市蜃小屋！
唉呀？
原來只是一大片紅葉？

2小時33分鐘後
下山來到了唐澤礦泉
水色相當奇特的泉源
在這個頗有風情的溫泉徹底放鬆身心
關於這個溫泉
・位於天狗岳的山腰
・無色透明
・二氧化碳冷礦泉（碳酸泉）
・有青苔與蕨類附著的溫泉池令人心神平靜
・具有改善肌肉疲痛的效果
泡湯費700日圓
搭計程車來到JR茅野車站，在車站前的「蕎麥麵茶屋」吃了一頓獎勵自己的好料！
吻仔魚天婦羅麵 730日圓
燉牛舌 550日圓
生啤酒 400日圓
生馬肉580日圓
芥末山藥泥蕎麥麵 880日圓
下次我想去南八岳～
赤岳有能夠健行的山中小屋
南澤的森林也很棒唷！
很滿足地登山之後
我也想看看冬季時黑百合小屋的模樣
很棒吧
我還想去紐西蘭呢
對呀
不過我還是最想先去看看槍神啦！
想去的地方一個接一個再接一個不斷從腦海裡迸出來！
登山之樂
適合年齡：小孩兒～
賞味期限：無限
登山之樂可以持續一輩子唷！
男女老幼皆歡迎！
過幾年還會想舊地重遊
就像在高尾山時遇到的女性朋友
山最棒了～
沒耐性的人也能來爬山！
我們也能一起分享登山的樂趣唷
——也許吧……？
下次再來吧！
耶——！

八岳·天狗岳照片集錦

到底在看甚麼呀？

吼

是毬藻娃娃嗎？

歡迎光臨白葉冷杉小屋

身心都溫暖了起來

西天狗蛋糕

少女心……♡

洋芋條蠟燭!?

唷呵～

黑百合小屋的關東煮～

小白貂

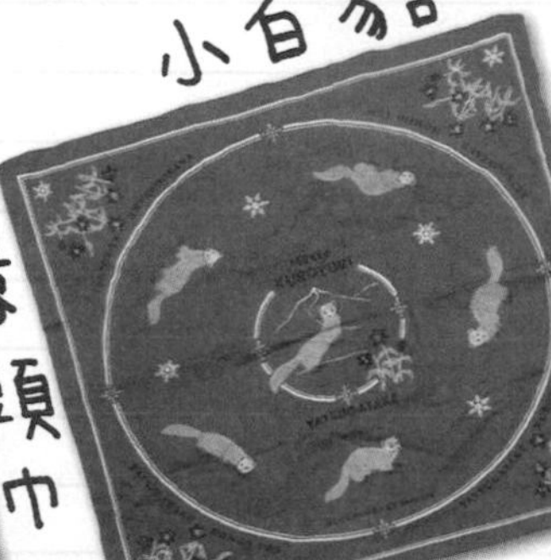

山景頭巾

有→附杯子！

中村MITSUO老師的插畫

讓人彷彿置身在繪本世界的北八岳。
一路上聽著友里「光是站在這座森林裡，
就讓人覺得好幸福呀」的讚嘆聲，
看來這個地方也令她印象深刻呢。
這裡有嬌柔的小花，鳥兒的鳴叫聲，陽光普照的森林，
溫馨的白葉冷杉小屋，以及手工做的料理。
「好可愛！」「好美呀！」「真棒！」「超好吃的！」
在這裡聽到的，全都是正面的評價。
即使不登頂，光是在森林裡住上一晚，就讓人樂不思蜀了。
想和女性朋友們一起悠閒地度過快樂時光嗎？來北八岳就對了。
至於我最大的野心，就是找一天從北八岳的一端走到另一端，來個全山縱走！
八岳裡藏著不少各具特色的山中小屋，
規劃一次山中小屋探訪之旅，也很有趣唷。

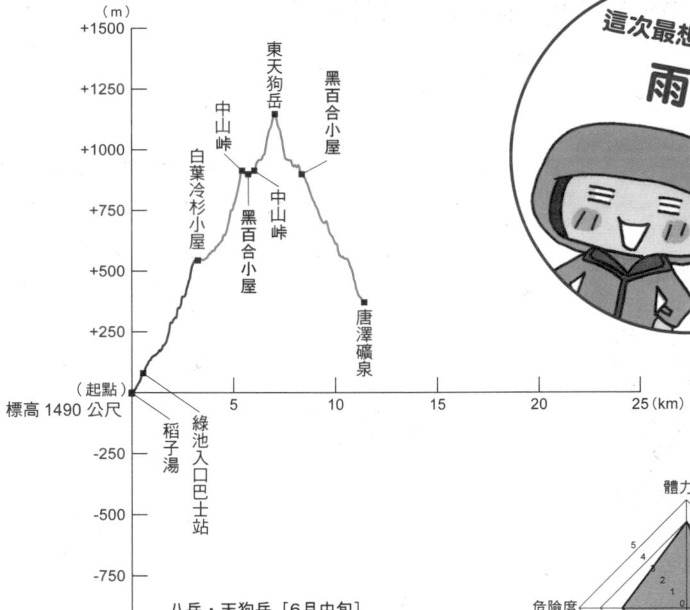

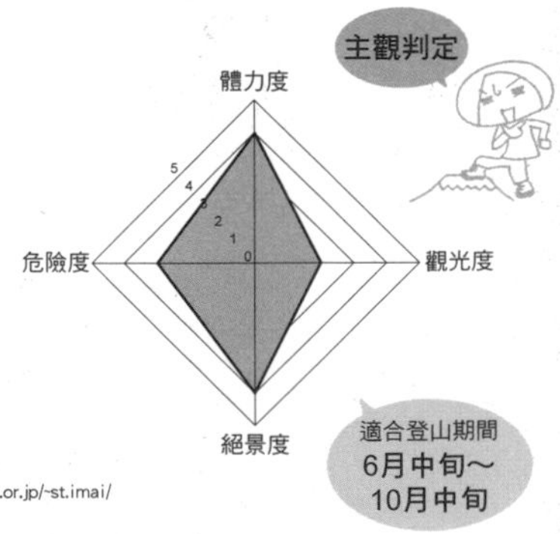

➡DATA
●八岳觀光協會 ☎0266-73-8550 http://www.tateshinakougen.gr.jp/yatu/
●白葉冷杉小屋 ☎090-4739-5255（住宿最好事先預約）http://www.ytg.janis.or.jp/~st.imai/
●黑百合小屋 ☎090-2533-0620 http://www.kuroyurihyutte.com/
●唐澤礦泉 長野縣茅野市湖東1323 ☎0266-76-2525
●蕎麥麵茶屋CHINO 長野縣茅野市CHINO 3502-1 ☎0266-73-0026

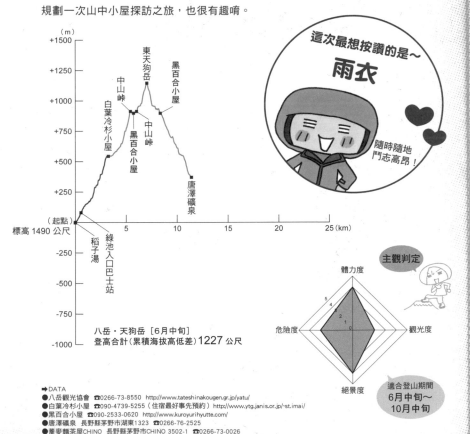

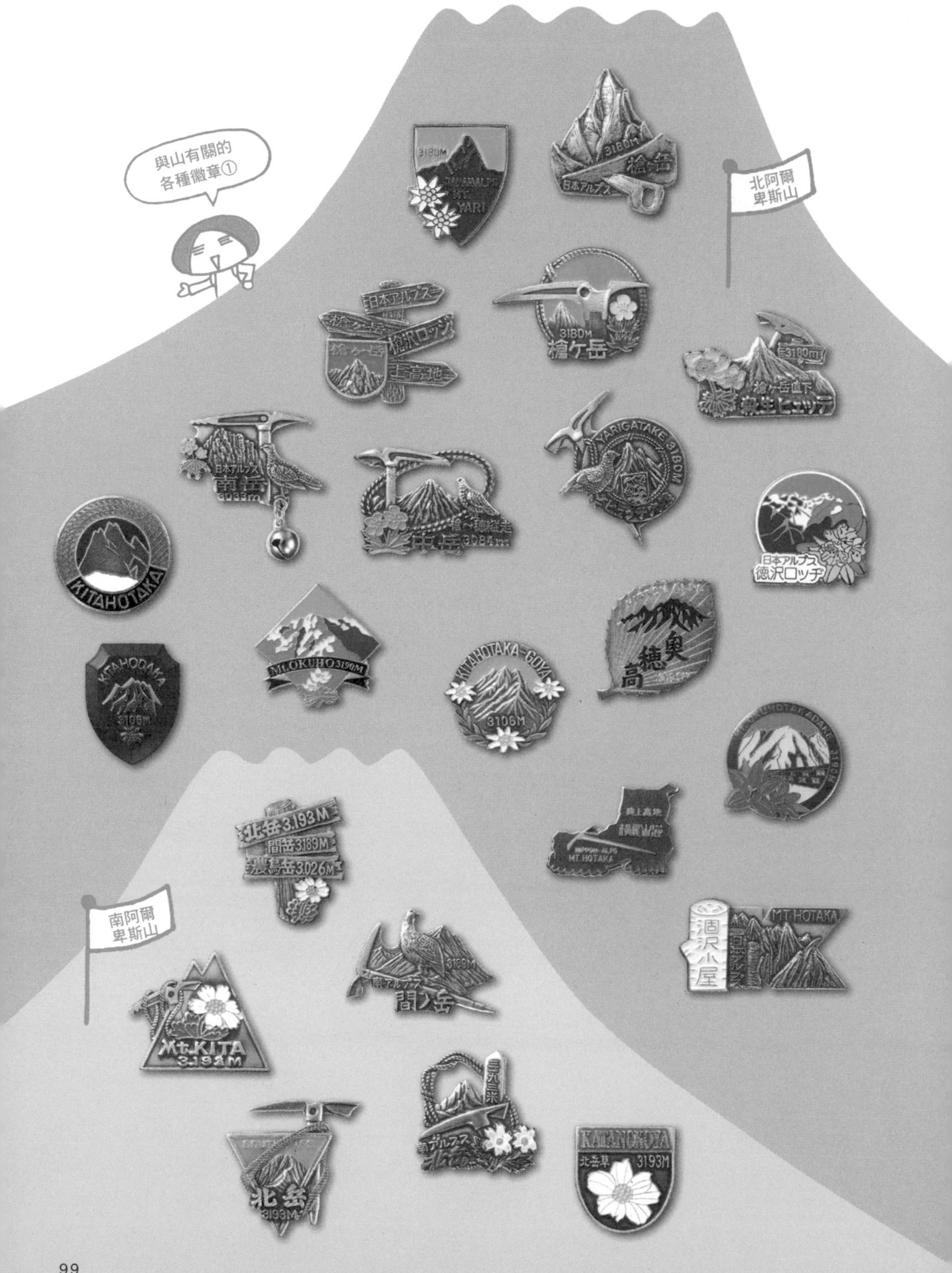
與山有關的
各種徽章①
北阿爾
卑斯山
南阿爾
卑斯山
3180M
YARI
3180M
槍ヶ岳
日本アルプス
日本アルプス
槍ヶ岳
槍沢ロッヂ
上高地
3180M
槍ヶ岳
3180m
槍ヶ岳直下
日本アルプス
南岳
YARIGATAKE 3180M
3084m
KITAHOTAKA
日本アルプス
徳沢ロッヂ
KITAHODAKA
3106M
Mt.OKUHO 3190M
KITAHOTAKA-GOYA
3106M
奥
穂
高
北岳 3.193M
間岳 3.189M
農鳥岳 3.026M
MT.HOTAKA
涸沢小屋
MT.HOTAKA
3189M
南アルプス
間ノ岳
Mt.KITA
3193M
北岳
3193M
KATANOKOYA
北岳草
3193M

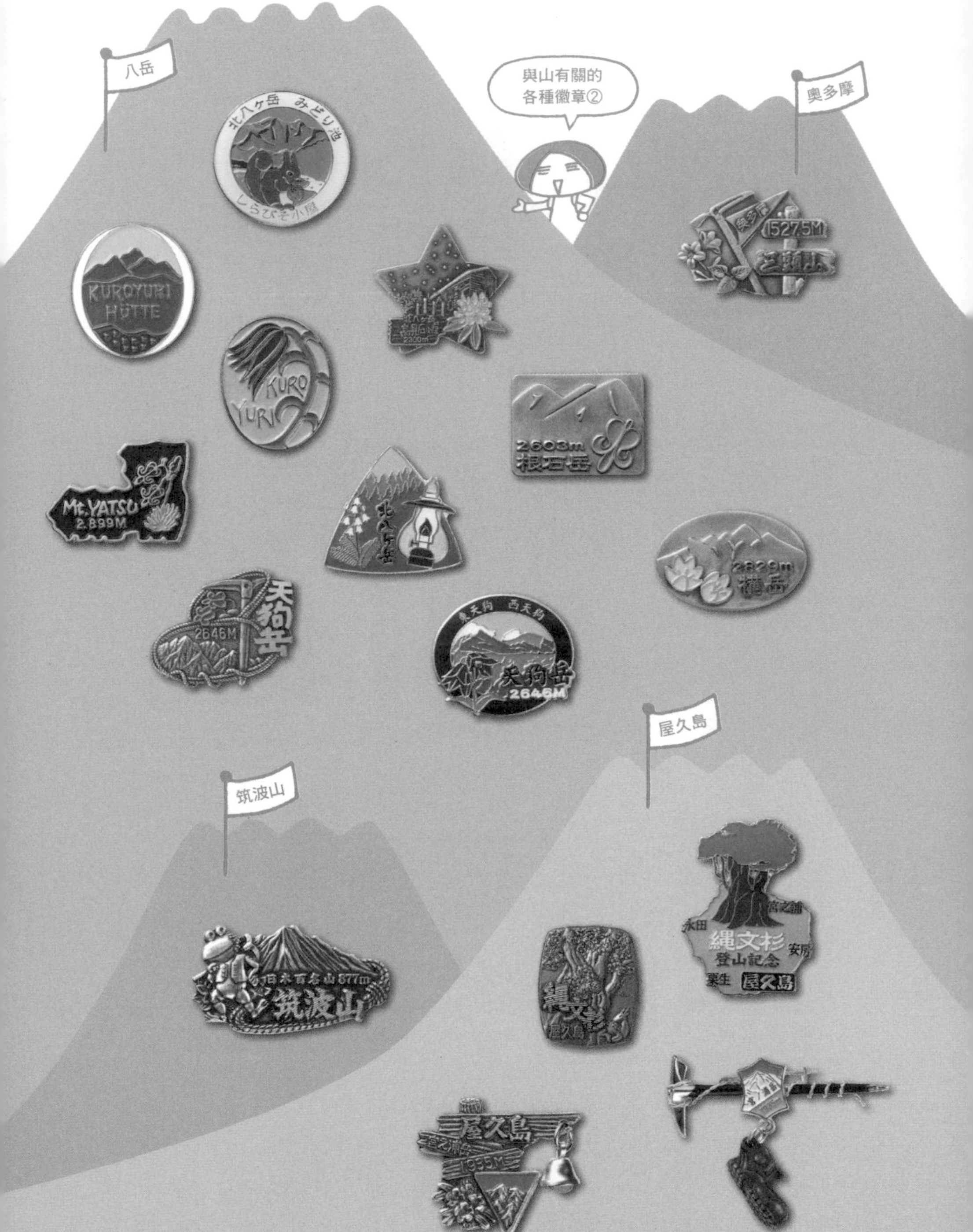

八岳
與山有關的
各種徽章②
奧多摩
北八ヶ岳 みどり池
しらびそ小屋
KUROYURI
HÜTTE
KURO
YURI
Mt.YATSU
2.899M
1527.5M
2603m
根石岳
2829m
天狗岳
2646M
東天狗 西天狗
天狗岳
2646M
屋久島
筑波山
筑波山
宮之浦
永田
縄文杉
登山記念
安房
栗生
屋久島
屋久島
1935M

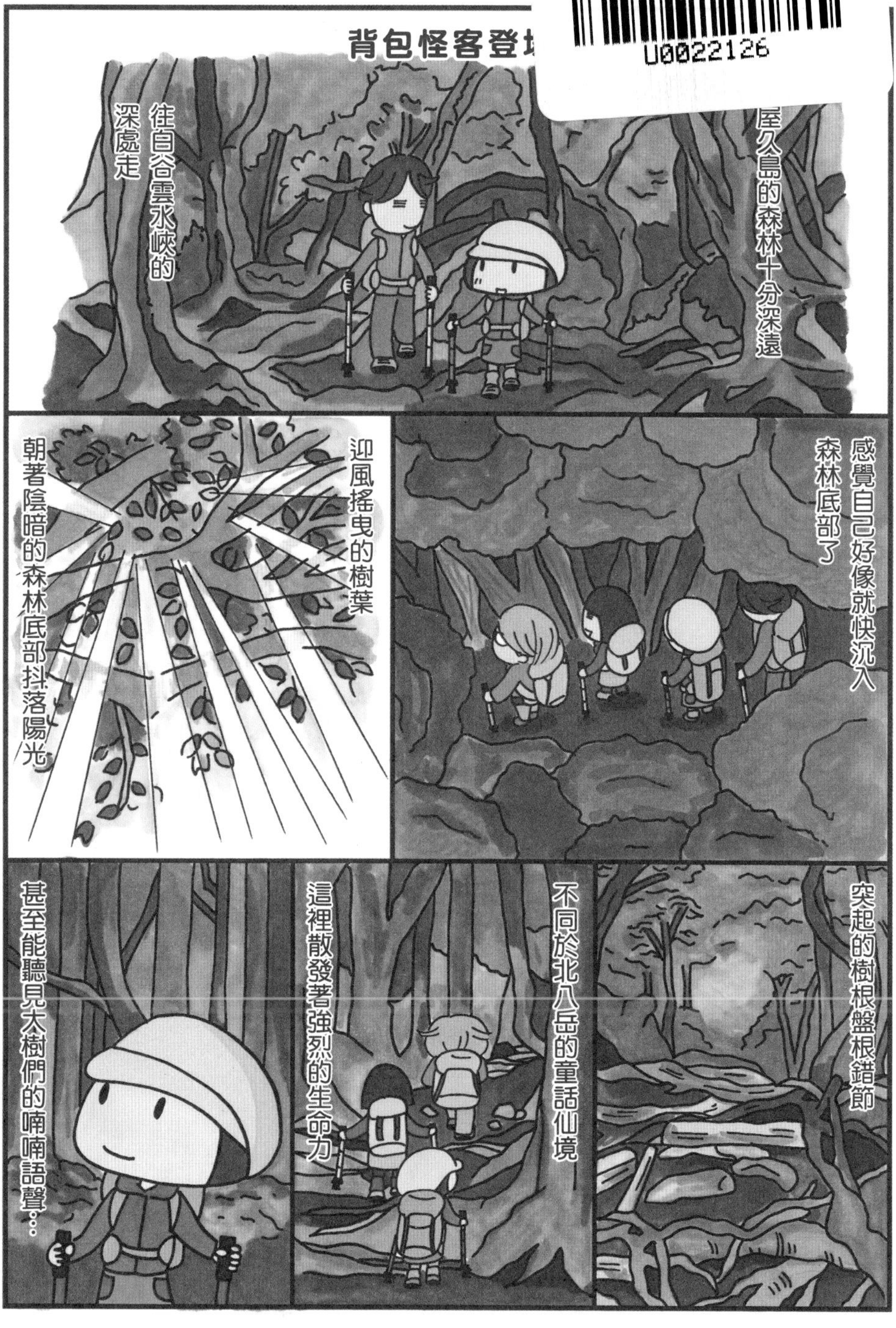
背包怪客登
屋久島的森林十分深遠
往白谷雲水峽的深處走
感覺自己好像就快沉入森林底部了
迎風搖曳的樹葉
朝著陰暗的森林底部抖落陽光
突起的樹根盤根錯節
不同於北八岳的童話仙境
這裡散發著強烈的生命力
甚至能聽見大樹們的喃喃語聲…

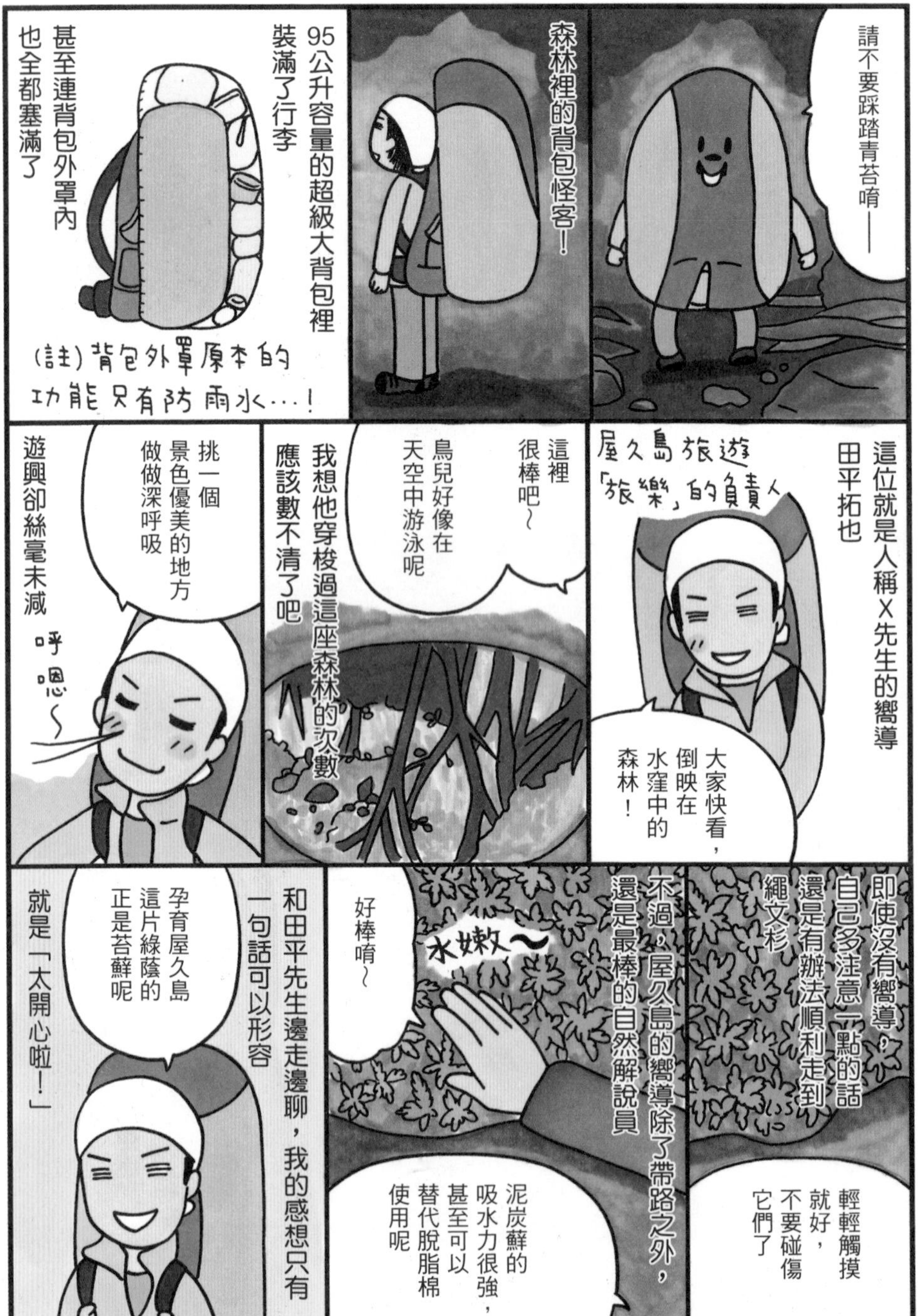
請不要踩踏青苔唷——
森林裡的背包怪客！
95公升容量的超級大背包裡裝滿了行李
甚至連背包外罩內也全都塞滿了
(註)背包外罩原本的功能只有防雨水…！
這位就是人稱X先生的嚮導田平拓也
屋久島旅遊「旅樂」的負責人
大家快看，倒映在水窪中的森林！
這裡很棒吧～鳥兒好像在天空中游泳呢
我想他穿梭過這座森林的次數應該數不清了吧
挑一個景色優美的地方做做深呼吸
遊興卻絲毫未減
呼嗯～
即使沒有嚮導，自己多注意一點的話還是有辦法順利走到繩文杉
輕輕觸摸就好，不要碰傷它們了
不過，屋久島的嚮導除了帶路之外，還是最棒的自然解說員
水嫩～
好棒唷～
泥炭蘚的吸水力很強，甚至可以替代脫脂棉使用呢
和田平先生邊走邊聊，我的感想只有一句話可以形容
孕育屋久島這片綠蔭的正是苔蘚呢
就是「太開心啦！」

旅樂的特別節目
清晨4點30分
早安，我是田平
今天就有勞您了
田平先生來旅館接我們
有些旅館無法提供接送服務（宮之浦～尾間的話OK）
途中先去拿便當
(島)飯糰
早餐・午餐兩餐份（前幾天自己先預定好）
沿著山路大概1小時左右抵達白谷雲水峽
轟轟隆
溪流的轟隆聲響徹雲霄的入口處廣場
首先是分配物資
這是大家的咖啡和零食
熱咖啡
綜合果仁
花生&葡萄乾
吃過早餐
早餐
「島飯糰」的飯糰便當
有附甜點！ 500日圓
抹茶麻糬
炸秋刀魚
飯糰2個
香腸
滷菜
水煮蛋
醃蘿蔔乾
田平先生請我喝的薑汁味噌湯
做做暖身操
唔
然後去上廁所…
廁所
緊張
絕不客觀！
屋久島
廁所評分
這裡使用起來的感覺普通
白谷雲水峽入口
型式：日式（可沖水）
評分：6（總分10）
按照時期略有不同

白谷雲水峽屬於山區，入口處海拔610公尺
（599公尺）
比高尾山更高
最高點
1050公尺
太鼓岩
起點
入口
610公尺
繩文杉
最高點在一個稱為太鼓岩、高度有1050公尺的崖上大岩石
相當於爬上1.8座六本木之丘
整個區域雖然屬於亞熱帶
但這裡的氣溫已經和山口差不多
宮之浦岳甚至和札幌一樣，還會下雪呢
屋久島之所以成為世界遺產的最大理由就在這裡
這座島由下往上的氣候
根本就是從九州到北海道自然天候變化的縮影
山頂6°C
平地20°C
（年均溫）
是喔～
6點24分
出發
我們像散步一樣慢慢往前走吧
首先走的是觀光路線
入山贊助300日圓
走在巨大的岩塊上
屋久島的岩石不會滑，放心踏上來沒關係
休憩大石
攀附在斷木上繼續生長的大樹
像雨溝般細細流動的瀑布
覆蓋著苔蘚的石塊
深具屋久島風情的景物陸陸續續出現

走了30分鐘跨過吊橋後
路線轉入了正統的登山道（楠川步道）
※屋久島的山路統稱為「步道」
附帶一提
白谷雲水峽500年前是採伐杉木的地區，這些鋪設的石塊早在江戶時代就有了
這些是檜苔
請輕輕觸摸就好
毛茸茸的~好像尾巴唷
沒錯！所以它有個別名叫鼬鼠的尾巴
抱著那棵樹會覺得很舒服唷——
哇~冰冰涼涼的
這種樹叫姬沙羅，每年都會脫皮，所以樹皮上不會有苔蘚附著
感覺冰冰涼涼的是因為儲存水分的管子非常靠近表皮的關係
我也來試試
阿俊有點害臊地緊緊抱住它了——

（譯註：鶇鶇的日文發音與味噌海螺相同。）

離開吊橋1小時23分鐘
來到一棵樹根一分為二的杉木前
岔腳杉
樹齡：不詳（500年？）
之所以會有這種形狀
①從倒塌的樹木長出新芽
樹寶寶誕生！
②慢慢成長
長高
③倒塌的樹木腐爛之後
形成了隧道
據說是因為這個原因
稱之為
倒木更新
以一句話形容對這棵杉樹的感覺！
突然冒出
ㄜ…
很像從許多人的胯下鑽過，有點害羞……
6分鐘之後
抵達白谷山莊稍作休息
絕不客觀！屋久島
廁所評分
使用時要閉氣
白谷山莊
型式：日式（蹲式）
評分：3（總分10）
按照時期略有不同
離開山莊後眼前馬上出現一棵雄偉的杉樹
七本杉
樹齡：不詳（1700年？）
很棒吧
這棵杉樹是白谷的主人
也是白谷雲水峽唯一一棵超過千年的現存杉樹
有沒有超過3000歲的彌生杉？
※就位在我們這次沒有經過的登山路線上

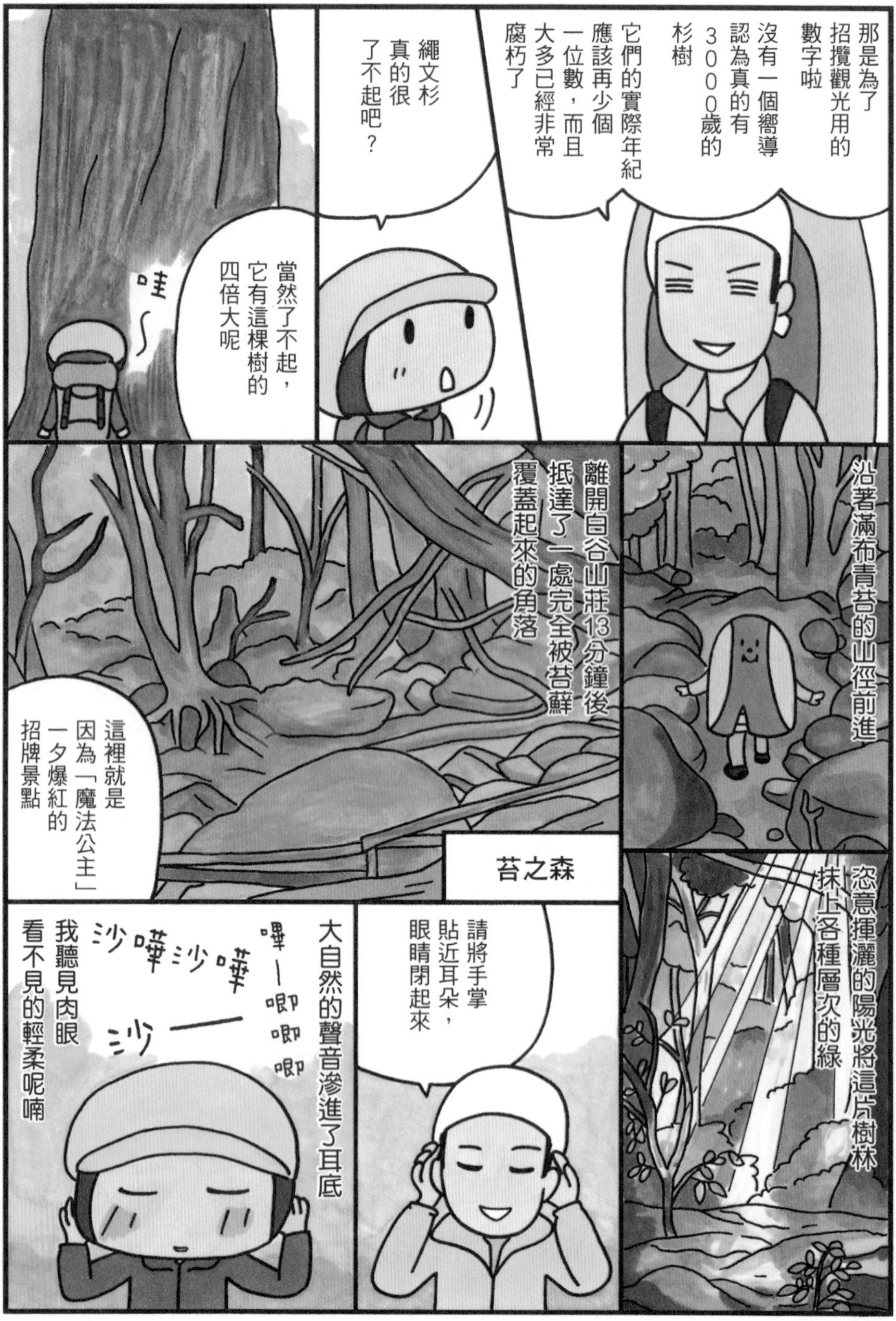
那是為了招攬觀光用的數字啦
沒有一個嚮導認為真的有3000歲的杉樹
它們的實際年紀應該再少個一位數，而且大多已經非常腐朽了
繩文杉真的很了不起吧？
當然了不起，它有這棵樹的四倍大呢
哇～
沿著滿布青苔的山徑前進
離開白谷山莊13分鐘後抵達了一處完全被苔蘚覆蓋起來的角落
苔之森
這裡就是因為「魔法公主」一夕爆紅的招牌景點
恣意揮灑的陽光將這片樹林抹上各種層次的綠
請將手掌貼近耳朵，眼睛閉起來
大自然的聲音滲進了耳底
嗶—唧唧唧
沙嘩沙嘩
沙——
我聽見肉眼看不見的輕柔呢喃

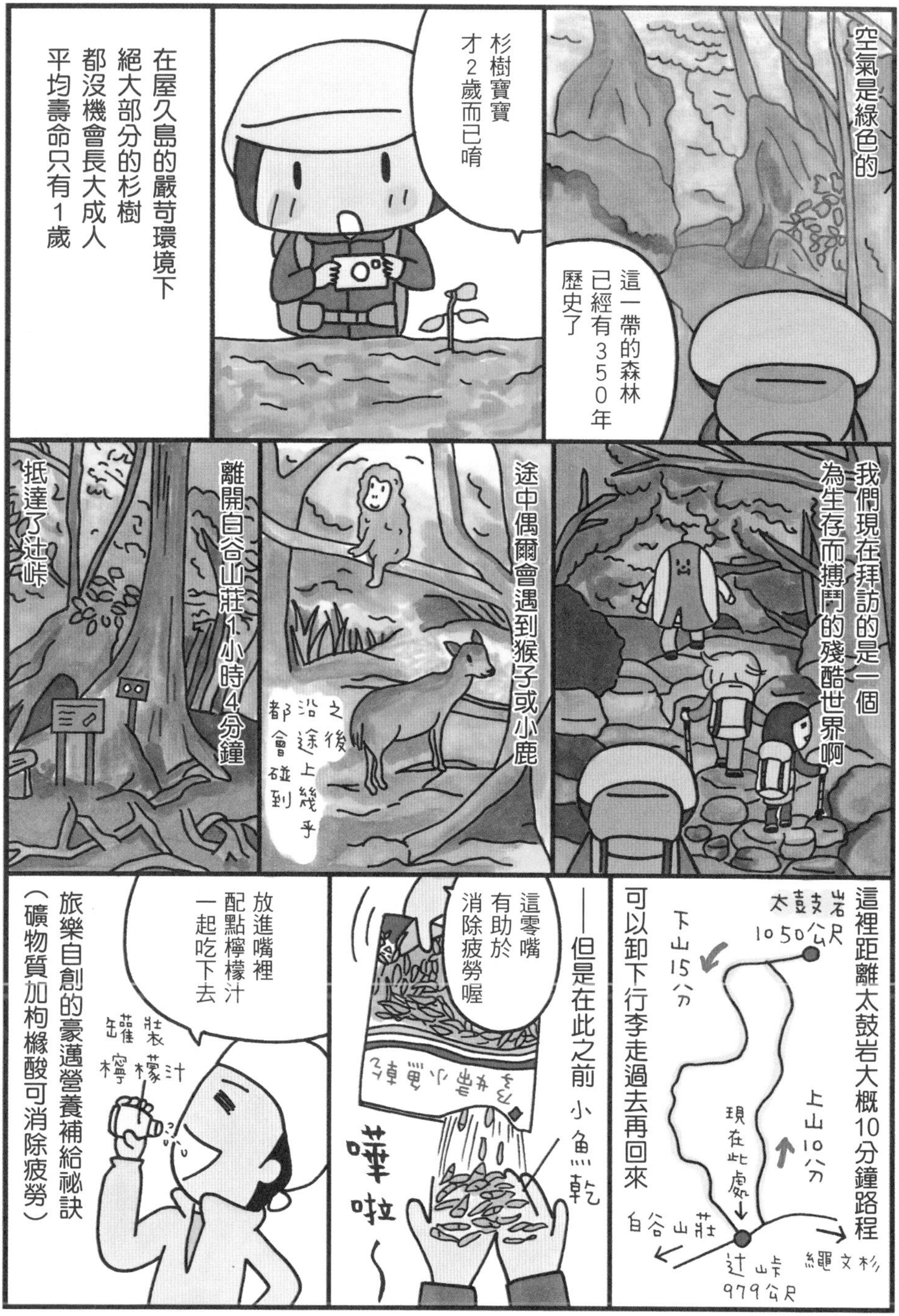
空氣是綠色的
這一帶的森林已經有350年歷史了
杉樹寶寶才2歲而已唷
在屋久島的嚴苛環境下絕大部分的杉樹都沒機會長大成人平均壽命只有1歲
我們現在拜訪的是一個為生存而搏鬥的殘酷世界啊
途中偶爾會遇到猴子或小鹿
之後沿途上幾乎都會碰到
離開白谷山莊1小時4分鐘
抵達了辻峠
這裡距離太鼓岩大概10分鐘路程可以卸下行李走過去再回來
太鼓岩 1050公尺
下山15分
上山10分
現在此處
白谷山莊
辻峠 979公尺
繩文杉
——但是在此之前
小魚乾
這零嘴有助於消除疲勞喔
嘩啦～
放進嘴裡配點檸檬汁一起吃下去
罐裝檸檬汁
旅樂自創的豪邁營養補給祕訣（礦物質加枸櫞酸可消除疲勞）

太鼓岩位於森林的頂端
繩文杉（在這裡）
宮之浦岳
簡直就像是眺望台的貴賓席呀
接著——
不行不行我不行啦～
請相信我
令人震撼的就是這個
名產
旅樂特別節目
大晴天且附近沒有人時才可以做的後仰動作
這個動作非常危險，田平先生不在場時絕對不可以學喔!!
感覺就像是在遠古森林星球上游泳
好…好棒呀！眼前全都是綠……！
不過那片明亮的黃綠色區域是
現年才40歲的森林
那邊曾經因為伐樹變得光禿一片，後來才又回復生機
等一下我們要下到那座40歲的森林
再從那邊走去看繩文杉

開始從太鼓岩往下走
攀附在樹上的植物是昆欄樹
它具有絞殺的習性，但這棵杉樹卻依然還活著
它的別號叫「我家媳婦」，但就只是針對樹的攀附習性，沒有惡意喔
我也是棵昆欄樹——
別絞殺我呀！
距離辻峠不遠處有個岩石小屋
※岩石小屋＝利用大自然的岩石拼組成的小房間
峠岩屋
拍了必拍的照片之後
嘿
就是午餐時間了
午餐
「鳥飯糰」的登山便當＆迷你咖哩
兩層式的設計可以輕鬆地放進背包內！600日圓
飯糰3個
醃蘿蔔
梅肉拌蓮藕
炸里肌肉
田平先生發給我們的咖哩
蟹味棒
煎蛋
炸燒賣
烤鯖魚
炸雞
滷蔬菜
中午11點
最後從這座年輕的森林往下走了54分鐘後
來到了與鐵軌道的匯合處
楠川叉路

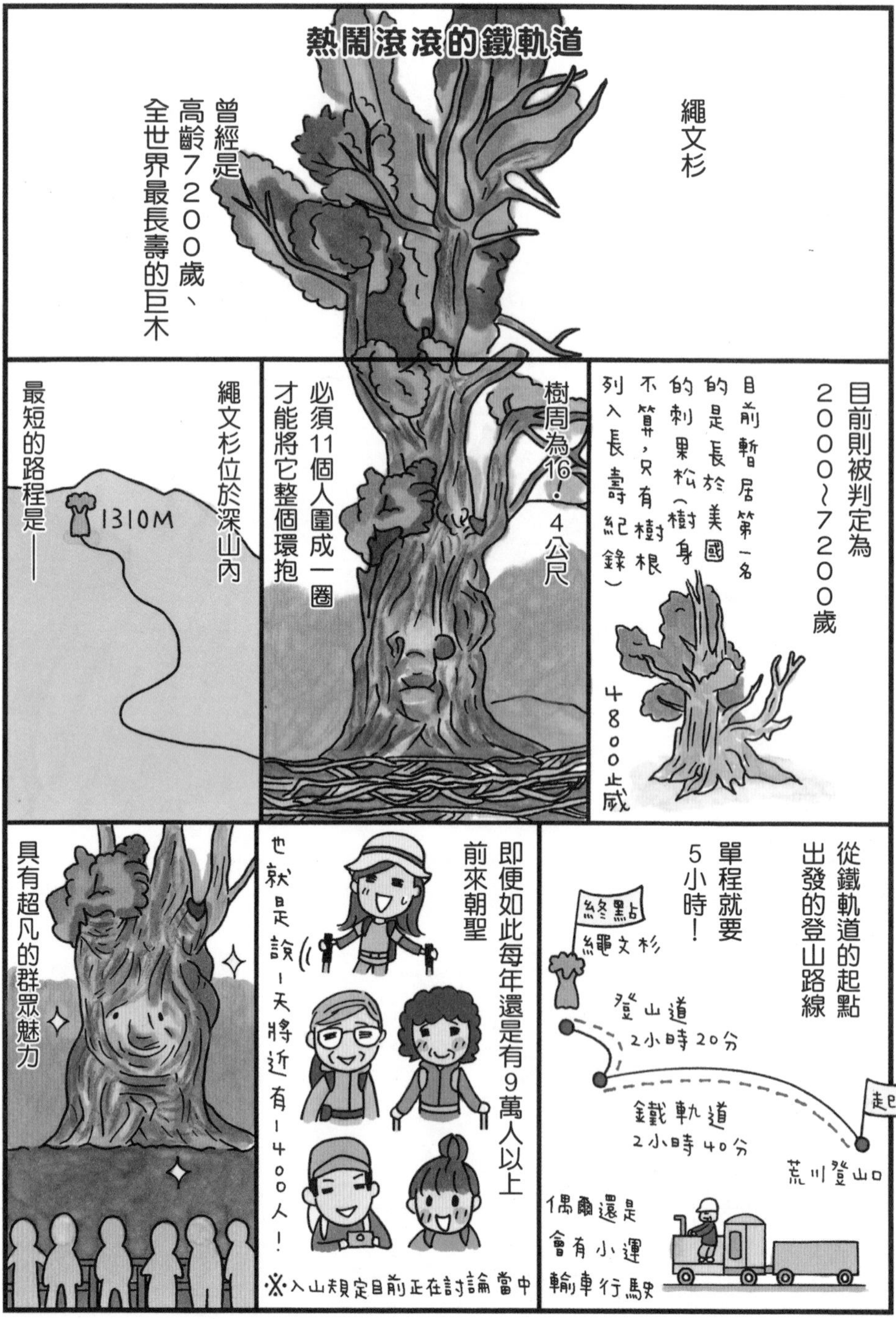
熱鬧滾滾的鐵軌道
繩文杉
曾經是高齡7200歲、全世界最長壽的巨木
目前則被判定為2000~7200歲
目前暫居第一名的是長於美國的刺果松（樹身不算，只有樹根列入長壽紀錄）
4800歲
樹周為16.4公尺
必須11個人圍成一圈才能將它整個環抱
繩文杉位於深山內
1310M
最短的路程是——
從鐵軌道的起點出發的登山路線
單程就要5小時！
終點
繩文杉
登山道
2小時20分
鐵軌道
2小時40分
起點
荒川登山口
偶爾還是會有小運輸車行駛
即便如此每年還是有9萬人以上前來朝聖
也就是說1天將近有1400人！
※入山規定目前正在討論當中
具有超凡的群眾魅力

這個沿著鐵軌道走
大概要1小時30分鐘
才會到的地點
若是像我們這次選擇
從白谷雲水峽為起點
開始走
匯合處
現在此處
起點
1小時30分鐘
必須花3小時15分鐘
才會到達
起點
白谷雲水峽入口
我們竟然走3 6小時16分鐘才抵達！（第一天真的是走得很緩慢）
3小時15分
匯合處
太鼓岩
對於平常沒在爬山的人，我不推薦這麼走
是喔!?
不少人都覺得沿著鐵軌道走景色非常單調
但對我們來說這條路的距離較短
還能看到伐木的遺跡等森林的獨特景象，十分有趣
這裡每個孩子臉上都笑瞇瞇的～
11分鐘後抵達曾經是山莊的遺跡
絕不客觀！屋久島
廁所評分
木屋通風良好還滿乾淨的
小杉谷莊舊址
型式：西式（乾式生態化）廁所
評分：6（總分10）
按照時期略有不同
緊接著奇形怪狀的杉樹出現了
底下是個大樹洞，細長的樹幹往上延伸
三代杉
樹齡：350年（第三代）

這種樹形是由於
①因倒木更新重新生長的第二代
②被砍伐採收後
③在被砍掉的樹幹上又重新長出第三代
稱之為
切株更新
請用一句話形容三代杉的心情！
THE
突然冒出
兒孫哪……一代要強過一代唷……
離開山莊舊址後48分鐘
跟我說它是繩文杉我絕對會相信
隔了一會兒又出現了神木
仁王杉
樹齡：不詳（1700年？）
擦身而過的旅客越來越多了
您好
您好
當天來回的繩文杉之旅，現在差不多是該下山的時候
接下來森林裡會安靜多了
年輕人滿多的嘛
20到30多歲的女性特別多
我知道為什麼～
因為能夠刺激腳底穴道、促進血液循環，所以大家都愛來爬山囉～
才沒有人會為了這種理由來爬山咧！
啊哈哈哈

走了21分鐘抵達鐵軌道終點
大株步道入口
絕不客觀！屋久島
廁所評分
外觀好像滿乾淨但進去之後得閉氣
大株步道入口
型式：日&西式（沖水式）
評分：4（總分10）
按照時期略有不同
道路從這裡開始又變回山路
走到繩文杉要2小時20分
1310M
大概等於1.6座六本木之丘
現在此處
920M
——在此之前先來個旅樂式提振精神大補帖
在腳底噴一點就不容易覺得累了
噴霧式沙隆巴斯
咻——
此外還陸續從神祕的四度空間巨無霸背包內拿出了各種稀奇的小道具！
喜馬拉雅山岩鹽
黑糖
神祕的營養補給飲料
香甜奶茶
鹹味昆布
補充體力後
繼續朝繩文杉的方向邁進
哇～好巨大唷
這一帶的森林有350歲囉
在你覺得景色優美的地方大口深呼吸吧
呼嗯
屋久島的杉樹們也逐漸發揮本領了
呼嗯

超長壽的森林
一般來說，500歲的杉樹已經算是長老級了，
但是──
前輩！
500歲
2000歲
屋久島上超過千歲以上的長壽杉樹比比皆是
為了方便區分，千歲以上的杉樹稱為「屋久杉」，千歲以下的稱為「小杉」
我只算得上小杉!?
由於屋久島的土壤貧瘠無法種植稻米，林業因而成為此處唯一的產業
被砍伐的屋久杉聽說多達七成
目前僅剩的都是一些不適合用來作為建材的杉樹
距離入口27分鐘處
出現了一棵長相溫和的杉樹
翁杉
翁杉
樹齡：2000年
呼嗯～
沒有人的時候
像這樣抬頭往上看感覺非常棒喔
滾滾

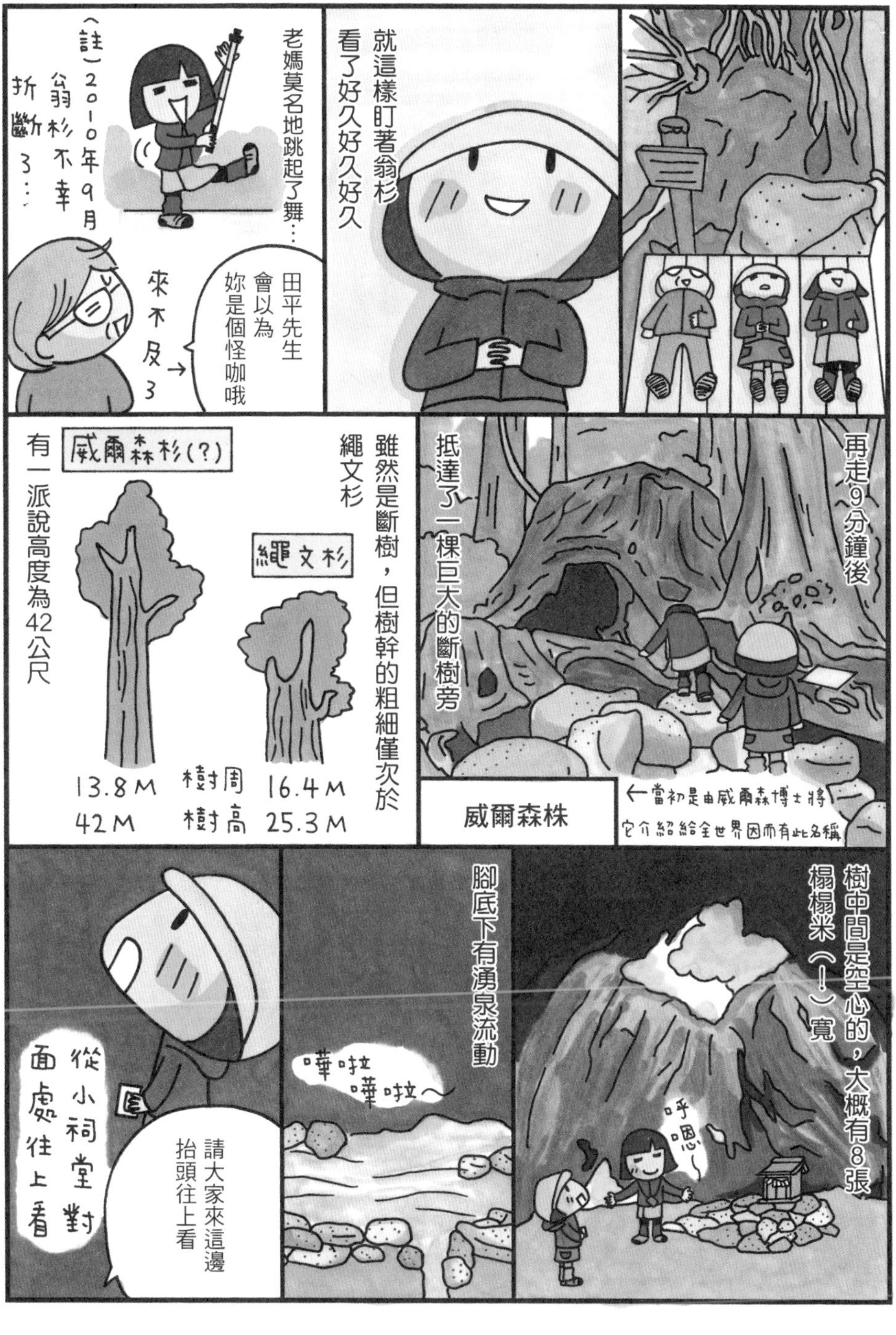
就這樣盯著翁杉
看了好久好久好久
老媽莫名地跳起了舞…
（註）2010年9月
翁杉不幸
折斷了…
田平先生
會以為
妳是個怪咖哦
來不及了→
再走9分鐘後
抵達了一棵巨大的斷樹旁
威爾森株
←當初是由威爾森博士將它介紹給全世界因而有此名稱
雖然是斷樹，但樹幹的粗細僅次於
繩文杉
繩文杉
威爾森杉(?)
有一派說高度為42公尺
13.8M 樹周 16.4M
42M 樹高 25.3M
樹中間是空心的，大概有8張
榻榻米（！）寬
呼嗯～
腳底下有湧泉流動
嘩啦
嘩啦～
請大家來這邊
抬頭往上看
從小祠堂對
面處往上看

天空被畫出了一塊心形
許多年輕的樹木筆直向上直衝天際
很棒吧~
呼嗯~ 呼嗯~
我的深呼吸欲罷不能呀~!!
再次出發後沿途的斜坡開始變多
不斷地踩著階梯往上爬
喀啦喀啦
笑瞇瞇笑瞇瞇
喀啦喀啦
階梯咯咯笑
喀啦 喀啦 喀啦
我當嚮導這麼久了，還沒聽過有人這樣形容階梯！
整個炸開了耶
很像岡本太郎的作品吧
被雷打中後樹枝繼續生長的杉樹
接著
好高大呀！

離開威爾森之株後1小時24分
一棵雄偉的杉樹就等在我們眼前！
這是大王杉
在繩文杉被發現之前，它是最大的杉樹
但樹齡或許還是大王杉最老
大王杉
無法走近到樹根附近（只能站在階梯上觀賞）
大王杉
樹齡：3000年
我來來回回換了好幾次角度望著它
畢竟這個樹名實在太震撼人心了！
720萬年的森林，真了不起呀～
萬年…！
那時候連屋久島都還沒出現咧!!
心有戚戚焉
離開大王杉後
世界自然遺產登錄
咦？到這裡為止都還不算世界遺產嗎？
沒錯，接下來要進入的是千年森林
終於來到了列入世界遺產的區域
非常棒的地方哦

這次之所以邀請父母親同行
主要是為了作為父親退休的紀念
三個禮拜前
過了將近40個年頭的上班生活步入尾聲
雖然老爸對運動實在一竅不通
這棵樹真高大呀
它還沒有名字
為了這趟旅程
兩人還做了不少行前鍛鍊
原來只能算是微杉哪
看著老爸踩著矯健步伐，心裡真開心
接著我們來到兩棵樹枝相纏的杉樹前
這個稱為連理
夫婦杉
樹齡：2000年（右・夫）
距離繩文杉大概還要30分鐘
我們也是夫婦唷！
幫我們拍照～
下雨的森林也很美麗呢
穿上雨衣吧
沒想到這時候開始飄起了雨

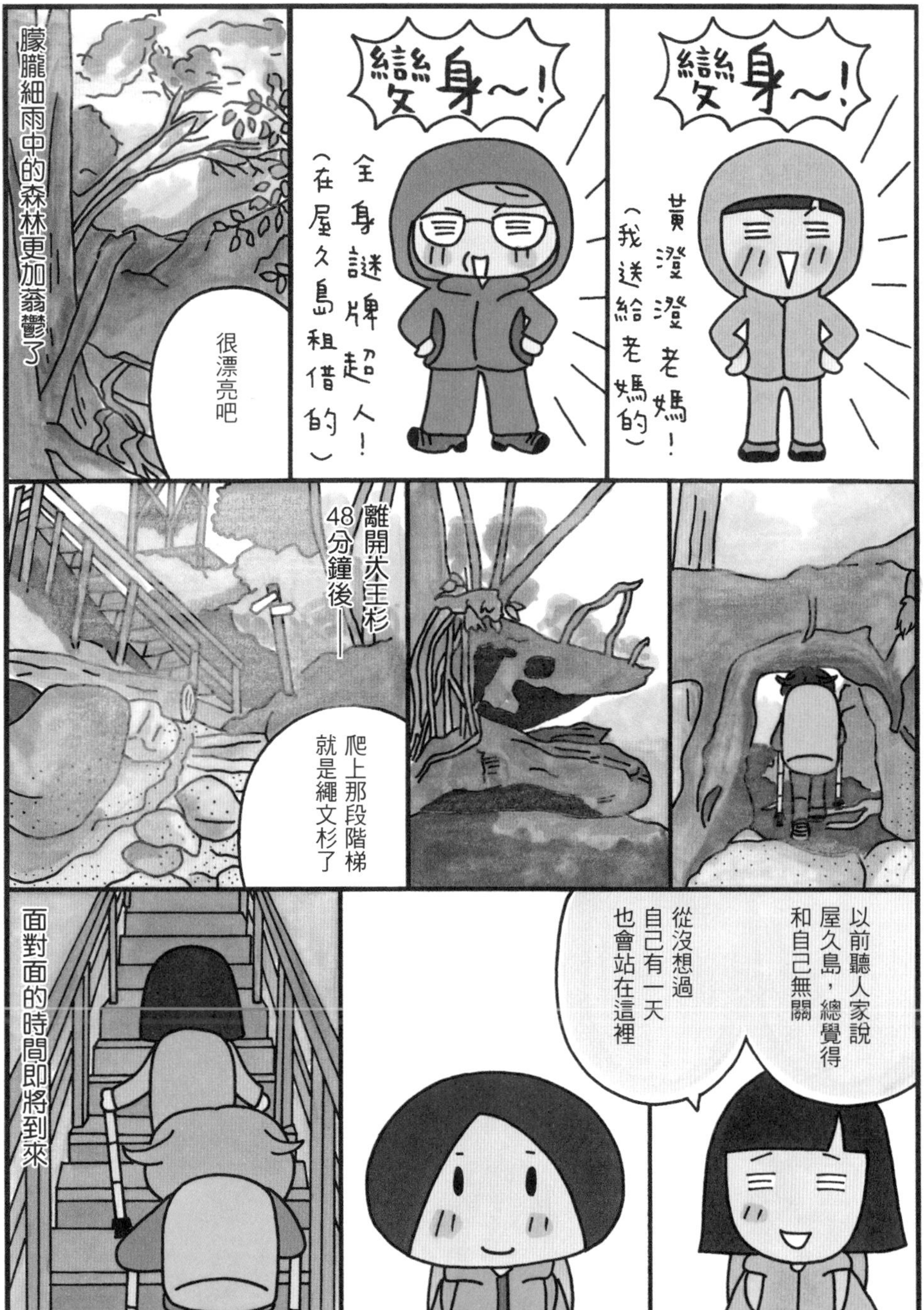
朦朧細雨中的森林更加蓊鬱了
很漂亮吧
變身～！
全身謎牌超人！
（在屋久島租借的）
變身～！
黃澄澄老媽！
（我送給老媽的）
離開大王杉48分鐘後——
爬上那段階梯就是繩文杉了
面對面的時間即將到來
以前聽人家說屋久島，總覺得和自己無關
從沒想過自己有一天也會站在這裡

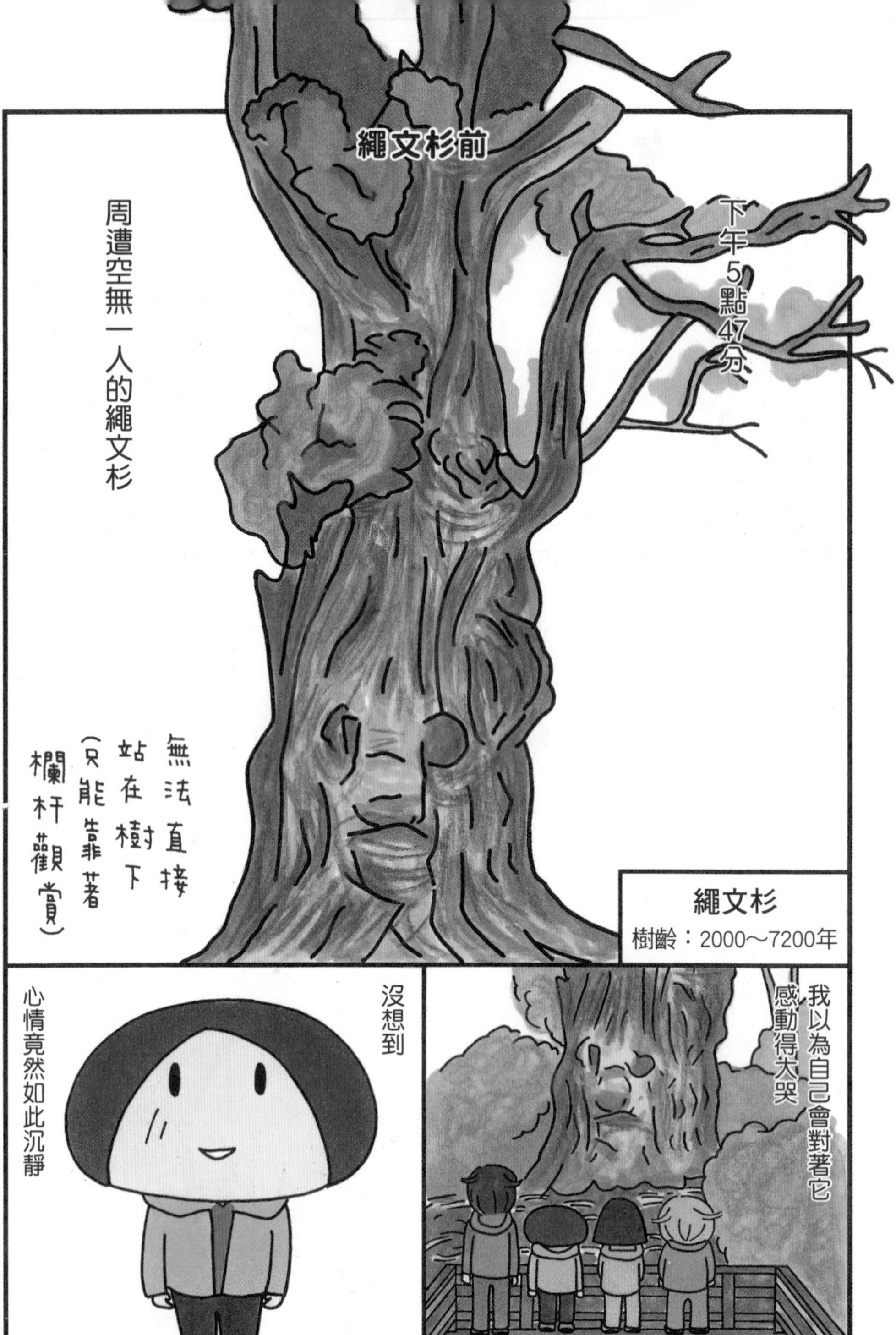

繩文杉前
下午5點47分
周遭空無一人的繩文杉
無法直接站在樹下
(只能靠著欄杆觀賞)
繩文杉
樹齡：2000～7200年
我以為自己會對著它感動得大哭
沒想到
心情竟然如此沉靜

對於大家都能平安順利走到這裡來
以及繩文杉能夠安然地活在人世間
對於這一切，好想對天大聲說「謝謝」
雖然它沒有想像中巨大
但是
君臨天下的磅礡氣勢中
又帶著纖細、堅強與優雅氣質
縱使有多達九萬人為它慕名而來
它卻依然以自己的方式繼續昂然在這片土地上
不同於一般的美景
繩文杉是個活生生的生物啊
那張臉真像個萬事通博士呢
謝謝你呀

真了不起呀
不知道老爸心裡想些什麼？
父親40年來無怨無悔地為家人付出
我
弟弟
這裡
收得到簡訊耶
什麼嘛ㄟ～！
後來才知道
原來他是不好意思發表自己的感受啦
如果我不知道它已經有7200歲，又會作何感想？
假使我什麼都不曉得，無意中在森林裡遇見它的話？
一無所知時容易錯失許多
但有所知時卻也因此戴上了有色眼鏡
把所知的一切暫且放下
這樣的話應該就能以較客觀的態度來面對它吧

有一個令我在意的地方就是
繩文杉周遭的樹木因為被砍伐，
以至於地面土石有些塌陷
彷彿要傳達給我們知道似的，
老樹似乎露出了落寞的表情
曾經有計畫拉繩索來支撐…
來，笑一個！
今晚的住宿是搭帳篷！
田平先生幫我們把設備都背上來了
但並不是隨便選個喜歡的地點紮營
而是要再走10分鐘到高塚小屋
咦？是「感恩洞」耶！
感恩!!
那是什麼怪名稱呀
不曉得，但我能體會她的心情！
一路上只見處處都是被詭異的姬沙羅包覆起來的景象
幫我拍照～
一會兒後抵達了小屋
想和姬沙羅合而為一的50歲中年人

奢侈的旅樂晚餐

這座建築物不是廁所
而是……高塚小屋！
關於這個山中小屋
・位於繩文杉森林深處（1330公尺）
・是一個無人小屋（免費）
・會讓鼾聲迴音加倍的水泥磚造建築
・附近有姬鼠出沒
・可容納20人
・繁忙時期房客大爆滿（超過50人！），大多數人都無法住進
廁所在這裡……
絕不客觀！屋久島
廁所評分
有如阿鼻地獄
眼睛鼻子全都中毒一般！
高塚小屋
型式：日式（蹲式）
評分：1（總分10）
按照時期略有不同
來看看什麼叫「行動廁所帳」吧
帳篷
不會臭也不污染環境！
《內部》
把行動廁所
裝進這裡
便器
行動廁所是
具有凝固、防臭功能的密閉式袋子
島上就買得到
2個裝
500日圓
在屋久島，如何處理山上的廁所是個大問題
因此目前已經有實驗性地設置一些行動廁所帳
袋子由使用者自行帶走
再丟入放置於登山口的專用垃圾桶
BOX

那種廁所我沒辦法上啊!!
還是來使用這種行動廁所吧
有時也會遇到這種情況
因此不管會不會用到，最好還是隨身攜帶
有這個就更放心了！
順便告訴大家，宮之浦岳的縱走路線
Course time為7小時20分鐘左右
沿途只有設置行動廁所帳
山中小屋
廁所帳
廁所帳
山中小屋
現在，我們一起來搭帳篷吧
好
搭建的地方是
不會損害地面的棧板上
不使用帳篷營釘而是以石頭固定
帳篷營釘＝打入地面的釘針
事實上，屋久島上並沒有露營場（可以搭蓋帳篷的地方）
原則上是禁止搭設帳篷的
不過由於山中小屋可容納的人數有限
露宿野外的人不斷增加
人數多時山中小屋周遭的棧板也就順理成章變成了搭設帳篷的露營區
露宿野外非常危險
周末或連續假期來訪務必要攜帶帳篷

島上的嚮導們
在遊客較多的時期
都會善用帳篷
盡量讓山中小屋空出位置
讓大家使用
而旅樂的作法是
遊客與
嚮導的帳篷
是分開的
因此
換衣服也很方便～
住起來比山中小屋舒服多了
乾杯！
田平先生從他的超級大背包裡
陸續端出各種好料！
屋久島名產燒酒
三岳
啤酒
YEBIS
田平先生特製
清湯飛魚肉片涼拌菜
蔬菜&魚貝類超豐盛！
火腿沙拉
一人一盤前菜！
生火腿
捲芽菜
醬料有3種
泡菜
芝麻
柚子醋
每一道都好吃極了！
以「辛拉麵」做結尾
島辣韭與飛魚&鬼頭刀魚肝涼拌菜
當我們飽嘗好料時，
田平先生還不停地在外面煮東西
真的非常感謝他呀
來爬山居然還會變胖～
食量小的人請事先告知★
晚上8點15分就寢

登上九州之巔
田平先生特製
溫熱三明治
隔天清晨4點30分
番茄&甜椒沙拉
島辣韭&飛魚涼拌菜
料超多的奶油巧達湯
飛魚肉
加了大量生薑的熱茶
火腿起士熱三明治
好想要這台～
祝你們玩得開心唷—
路上小心哪
和田平先生及雙親道別之後
請注意安全！
謝謝
帶著依依不捨的心情
沙—
走進了黑暗的森林中
4月下旬的日出大概在5點40分左右
規律的樹葉聲響感覺彷彿置身海邊
沙—沙—
那不是大海的聲音吧？
嗯
1小時16分鐘抵達新高塚小屋
比高塚小屋乾淨
絕不客觀！
屋久島廁所評分
再往前就只有行動廁所
半徑3公尺以內都得閉氣
新高塚小屋
型式：日式（蹲式）
評分：2（總分10分）
按照時期略有不同

今天要爬的山有2座
一座是宮之浦岳
另一座是黑味岳
宮之浦岳
1936公尺
黑味岳
1831公尺
終點
這附近要走山腰
現在此處
淀川登山口
黑味岳上
擁有號稱屋久島第一、視野遼闊的大眺望台
只是攀登黑味岳必須額外多花1小時25分鐘
同一條路線來回
黑味岳
而且course time竟然要9小時20分！
加上休息時間總共要11小時35分！
個人史上最長的登山路線!!
能否順利登頂還得看當天的時間、天候與身體的疲勞程度而定……
首先朝著宮之浦岳前進
宮之浦岳
1936公尺
現在此處
新高塚小屋
1460公尺
高度等同2座六本木之丘
一開始是巨石與巨樹混雜出現的森林
好像在動耶
55分鐘後
可以眺望從大海到宮之浦岳的──

——第二眺望台卻……
拍一張霧中仙境作紀念吧
接著走40分鐘離開森林
再順著岩石斜坡往上爬8分鐘
來到有個巨石的山上
呼嗯
平石岩屋
天氣好的話從這裡起始的山徑會在
宮之浦岳
很有屋久島風情的草原上形成一道稜線
天氣好的話……
現實
朦朧一片
呼～
妳在幹嘛？
呼～
腦內想像圖
呼～
42分鐘後抵達最後的休息地點
距離宮之浦岳還有25分鐘路程
燒野三叉路

沿途山徑雖然陡峭
但走起來並不費力
途中開始出現結霜
暗示著我們即將要抵達
九州的最高峰
早上9點37分
終於抵達的山頂——
啥都看不見哪!
事實上宮之浦岳
是一座雙耳峰
現在此處
最高峰
第2山峰
無法攀登
但此刻卻連50公尺外的
第2山峰都看不見
環顧四周真的誇張到看不到任何景物
卻令人相當興奮!
濃霧讚啦!
來,笑一個!
和差不多同時間
登頂的朋友(?)
一起超high地互拍照片
登頂成功!
來,笑一個!
雖說成功登頂,
但後面還有4小時45分
的路程要走呢!
包括黑味岳的話
要走6小時10分!
差不多是平常一天的分量了……
加油—

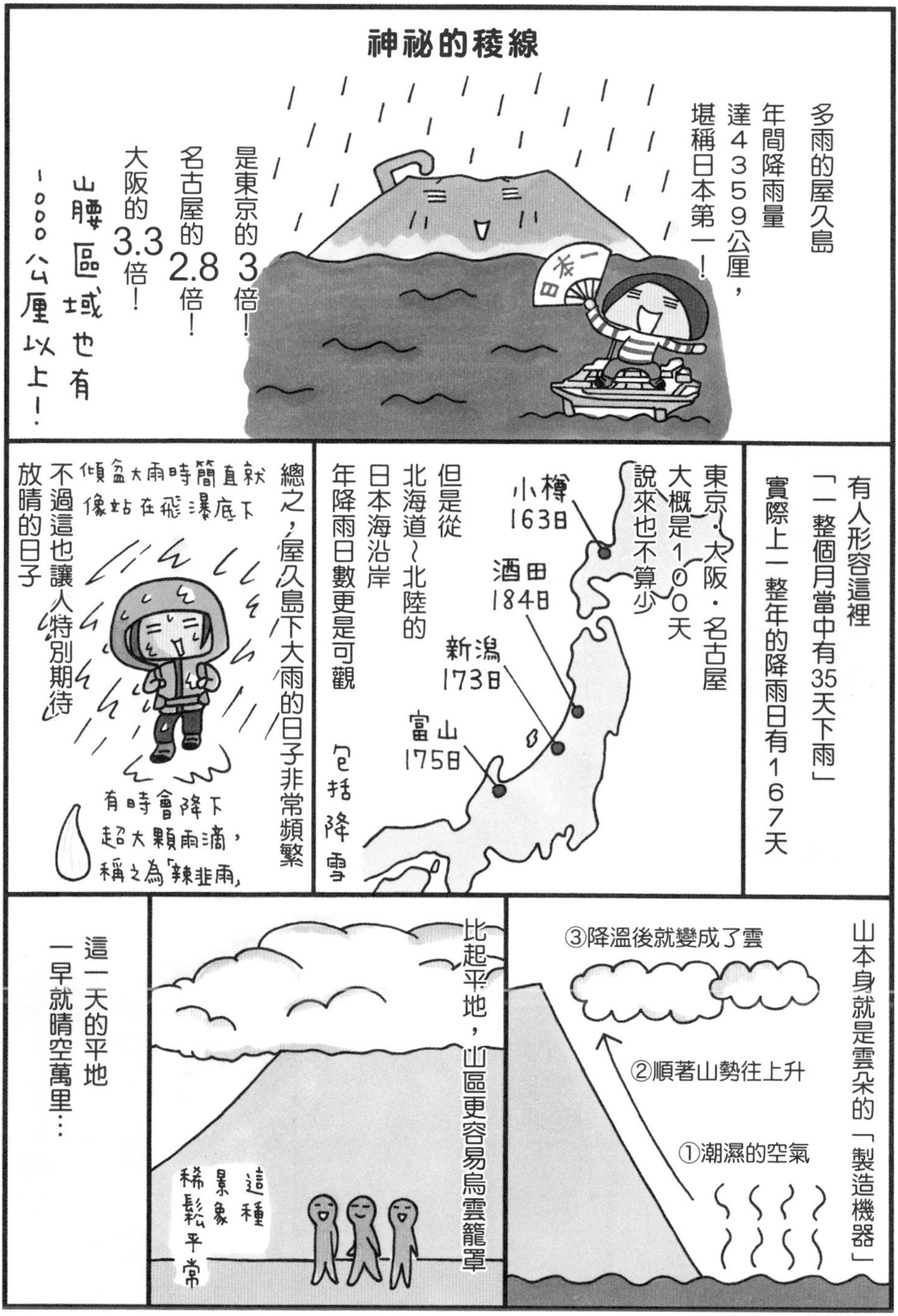
神祕的稜線
多雨的屋久島年間降雨量達4359公厘，堪稱日本第一！
日本一
是東京的3倍！
名古屋的2.8倍！
大阪的3.3倍！
山腰區域也有1000公厘以上！
有人形容這裡「一整個月當中有35天下雨」
實際上一整年的降雨日有167天
東京・大阪・名古屋大概是100天
說來也不算少
但是從北海道～北陸的日本海沿岸
年降雨日數更是可觀
小樽 163日
酒田 184日
新潟 173日
富山 175日
包括降雪
總之，屋久島下大雨的日子非常頻繁
傾盆大雨時簡直就像站在飛瀑底下
不過這也讓人特別期待放晴的日子
有時會降下超大顆雨滴，稱之為「辣韭雨」
山本身就是雲朵的「製造機器」
③降溫後就變成了雲
②順著山勢往上升
①潮濕的空氣
比起平地，山區更容易烏雲籠罩
這種景象稀鬆平常
這一天的平地一早就晴空萬里…

從宮之浦岳起是一連串的下坡路
周邊的草原上
偶爾會冒出幾個巨石
被菜刀劈過？
恐龍蛋嗎？
是被誰堆成這樣的？
周遭依然是霧茫茫一片
咦——
那是什麼？
但偶爾可以隱約看到遠方的景色
彷彿古代遺跡的小山
模模糊糊地浮現
但無法看清楚全貌
啊——
明知道祈禱也沒什麼用
請讓我再看一次吧
卻還是忍不住在心中默默禱告
23分鐘後抵達栗生岳
很像長在宮之浦岳上的小瘤
緊接著
幾分鐘之後

剎那間天上的雲朵開始流動
一望無際的晴空
我從沒見過
這般晴朗的天空與如此的山景
緊盯著眼前的美景，一路上還不斷確認自己是不是在作夢
彷彿巨大機器人般的岩石
超完美平衡感！
看起來很像生物的岩石堆
想像圖
翁岳
蔚藍的晴空
灰色的岩石肌理
黃綠色的草原
這才是屋久島呀！

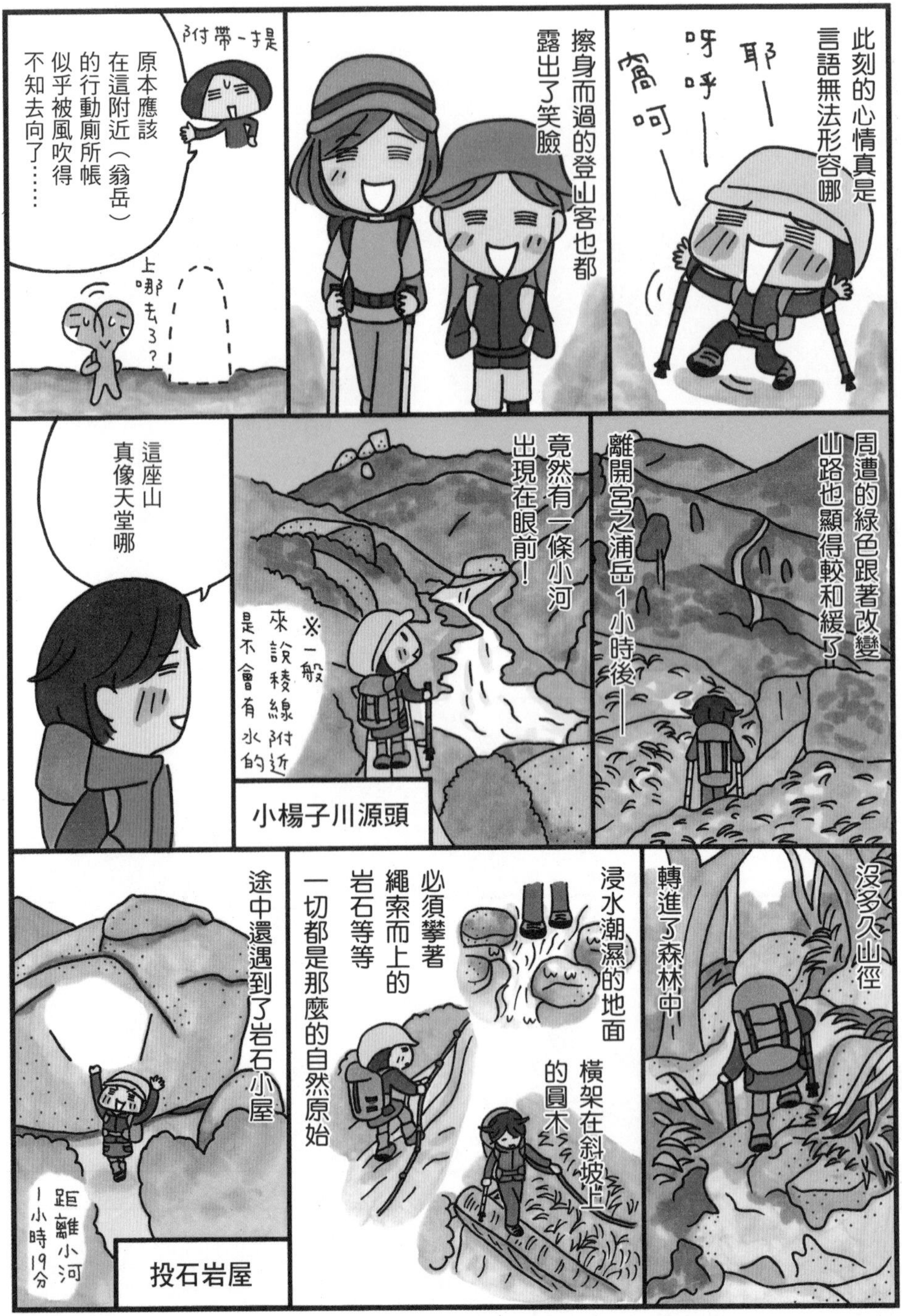
此刻的心情真是言語無法形容哪
耶—
呀呼—
窩呵—
擦身而過的登山客也都露出了笑臉
附帶一提
原本應該在這附近（翁岳）的行動廁所帳似乎被風吹得不知去向了……
上哪去了？
周遭的綠色跟著改變山路也顯得較和緩了
離開宮之浦岳1小時後——
竟然有一條小河出現在眼前！
※一般來說稜線附近是不會有水的
小楊子川源頭
這座山真像天堂哪
沒多久山徑轉進了森林中
浸水潮濕的地面
橫架在斜坡上的圓木
必須攀著繩索而上的岩石等等一切都是那麼的自然原始
途中還遇到了岩石小屋
距離小河1小時19分
投石岩屋

來到隔壁一處開闊的平台時
投石平
黑味岳
黑味岳已經出現在眼前了！
很想躺在上面睡午覺的岩石廣場
27分鐘後
抵達前往黑味岳的分叉路
黑味叉路
時間是中午12點35分
比預定時間提早了一些
雖然已經走了7小時25分鐘
我卻從來不曾如此精神奕奕！
肉體疲勞度
55
精神疲勞度
0！
屋久島的神奇魔力？
來去黑味岳吧！
唷呵～
前往黑味岳的山徑
比之前走的路更陡峭
高度不斷急遽攀升
13分鐘後
視野豁然開朗
請注意！
這裡很容易迷路，
前面右上方的山並不是黑味岳哦
假山頂
黑味岳
黑味叉路
直朝著山頂
繼續再爬26分鐘

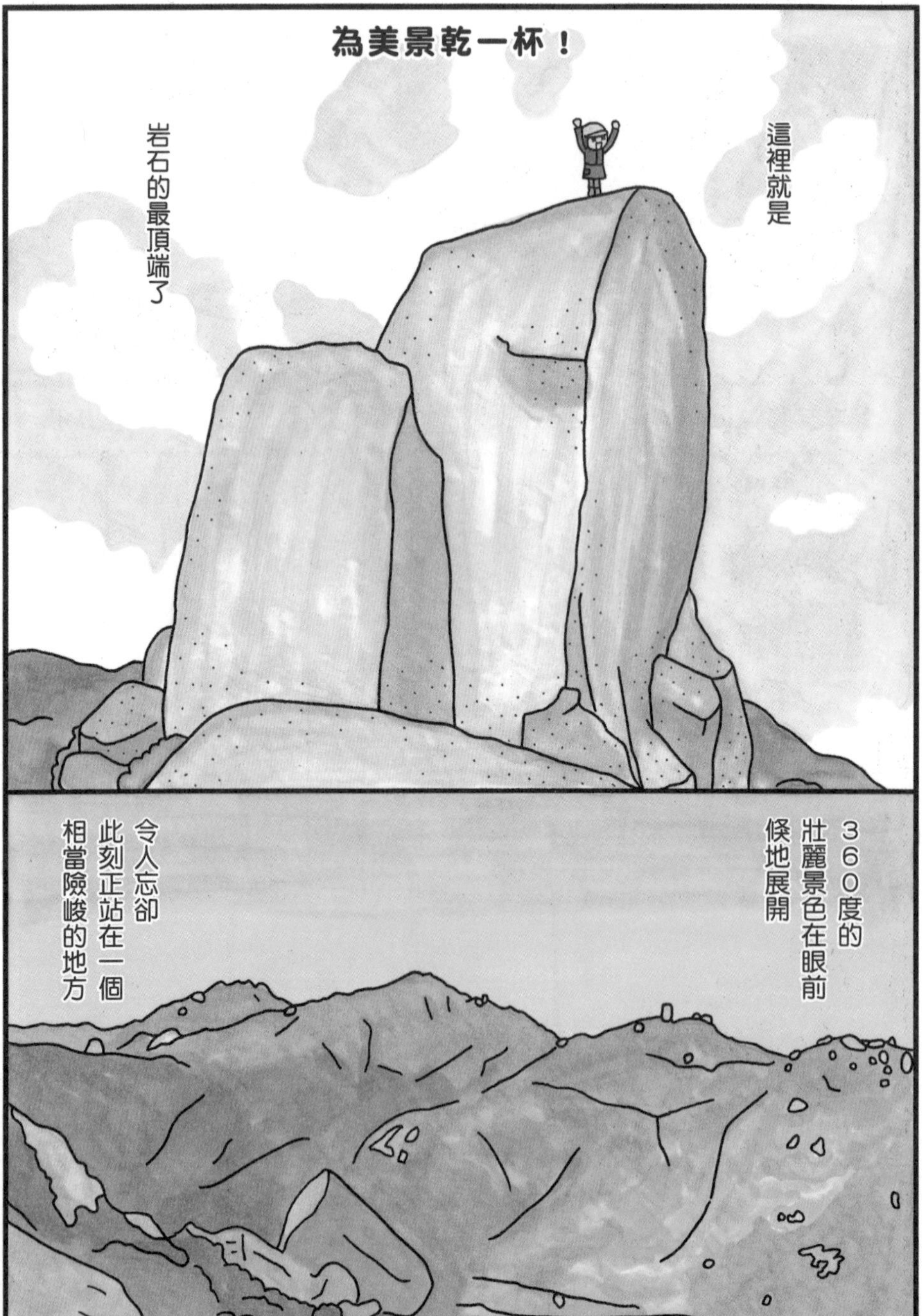
為美景乾一杯！
這裡就是
岩石的最頂端了
360度的
壯麗景色在眼前
倏地展開
令人忘卻
此刻正站在一個
相當險峻的地方

宮之浦岳看得一清二楚
真不敢相信自己是從那邊走過來的
山脈的對面是亮白的水平線！
大家快來喔！
忍不住迸出了這句話
拿出屋久島特產
名產
純正燒酒饅頭
愛子
純樸得可愛
小朋友也可以吃
綠豆餡裡摻入了少許燒酒「愛子」
美景配零食的時間
太讚了
嚼嚼
附帶一提
這一天的行程超遠，所以我們沒吃午餐，只在沿路上偶爾吃點零食或點心（為了趕時間＆節省體力＆減少上廁所次數）
拖鞋麵包
餅乾
田平先生的零食
營養口糧
這座山頂從正面看是斷崖絕壁
冷一酷
但轉到側面時就可以一步一步爬上來了
②利用繩索往上爬
①從岩石左側直走
颳風下雨時有點危險

陸續有人爬上來這座原本空無一人的山頂
好像一幅畫～！
抱歉⋯我們在這裡會妨礙妳嗎？
不會，恰好相反
你們兩人畫出了一幅完美的作品呢
不但請我們吃零食還跟我們說好話
當天來回黑味岳的登山客
這裡的景色好美～
真高興來到這裡!!
在山上遇到的這張笑臉是如此神采飛揚
這比欣賞美景更令人覺得幸福呀
不知道爸媽他們如何了？
一定正在吃和田平先生準備的好料啦
最後以燒酒「三岳」
向真正的三岳敬酒乾杯！
為了拍攝這個畫面特地帶了一杯上來
（註：但沒有喝哦）
三岳是指
屋久島最具代表性的三座山
・宮之浦岳
・永田岳
・黑味岳
（有時會改以栗生岳取代黑味岳）
位於宮之浦岳左側長得很像
奶油麵包小弟的山
絕品！
地瓜燒酒「三岳」是經常缺貨的屋久島名產！

最後的縱走
漫長的縱走行程終於只剩下下山的路段
好感傷喔…
對呀
花了39分鐘回到了黑味叉路
16分鐘後來到休息地點花之江河（濕原）
附近有行動廁所帳
這裡距離登山口只有2小時10分鐘（?）
花之江河 1630公尺
目標
淀川登山口 1360公尺
不過一路上還是有許多美景值得欣賞，這就是屋久島最吸引人之處了
嘿嘿
我們很快就抵達一小片濕原
日本最南端的高山濕原
小花之江河
可以近距離觀賞白骨樹
所謂的白骨樹是指
被強風吹走了樹皮卻依然繼續生長的杉樹，又稱枯存木
從投石平附近遠遠就能看到一大群

更往深處走
山上有塊奇岩稱豆腐岩
往前走一段距離後抵達一個能夠清楚看見豆腐岩的眺望台
高盤岳眺望台
這個長相類似豆腐的岩石
看起來也很像明太子或鄉村麵包
竹簍豆腐？
明太子？
鄉村麵包？
乾脆我們也幫它取個新名字吧？
ㄜ……
裂開岩
拜託
太沒創意了啦！
直腸子先生
森林裡陸續出現了巨石與巨杉
氣氛頓時變得令人懷念了起來
離開花之江河1小時29分鐘後
越過銅綠色的河流
來到最後一個山中小屋、淀川小屋
距離終點只剩下少少（？）的45分鐘
絕不客觀！屋久島
廁所評分
生不如死
臭到根本沒辦法走進去…
淀川小屋
型式：日式（乾式生態化廁所）
評分：無法評分
按照時期略有不同

很快就要離開世界遺產的範圍了
24小時後的再會
産登録地域
下午5點33分——
是柏油路耶！
終於順利下山了！
哇～到了到了
淀川登山口
絕不客觀！屋久島
廁所評分
閉口憋氣
淀川登山口
型式：日式（沖水型）
評分：3（總分10）
按照時期略有不同
下午6點
老爸老媽開著出租車來接我們
父母是在下午2點下山（荒川登山口）
請注意！
手機也不通哦
淀川登山口既沒有公用電話也沒有公車抵達
一定要事先安排好下山的交通方式
回來啦～
祝賀順利登頂
歡迎回來
老媽手上舉著畫有驚人插圖的看板出現了！（請參考本章最後的照片!!）
插播一下
萬萬不可小看屋久島嘿★
鈴木智子
拜託大家
縱走路線雖然沒什麼困難的路段，但是
•沒有能夠半途下山的路可走
•所有山中小屋都是無人服務，
是屬於中級程度的路線
登山菜鳥們一定要跟著嚮導或曾經有縱走經驗的人一起登山
請攜帶帳篷或簡易型帳篷以防萬一
為了各位的安全，請務必遵守以上事項
附帶一提
淀川登山口的海拔非常高，
從反方向下山較節省體力
（&下山後的交通也比較方便）
比繩文杉（1310公尺）
更高（1360公尺）

再見了，屋久島

（譯註：龜爪，一種棲息在潮間帶的貝類）

第4天，我們開車環島一周暢遊
名勝古蹟
還吃了不少
美食
（請參考下一頁的「屋久島觀光地圖」）
隔天就要回東京了
謝謝你們的照顧！
下次再來玩唷
Toppy
トッピー ターミナル
心中一直無法忘情屋久島的一切
咯咯啦啦
稱之為「屋久島中毒」
真高興我們曾經到此一遊
屋久島中毒的一家人
階梯咯咯笑
那些階梯們超可愛的～
你還嚇到了田平先生呢
屋久島的高山與森林
就像一本怎麼讀都讀不完的超厚小說
Never Ending 屋久島 Story
想到還有這麼多頁後續可看
回家後的每一天，開心的程度至少都增加了三倍以上呢

鈴木智子的
屋久島觀光地圖

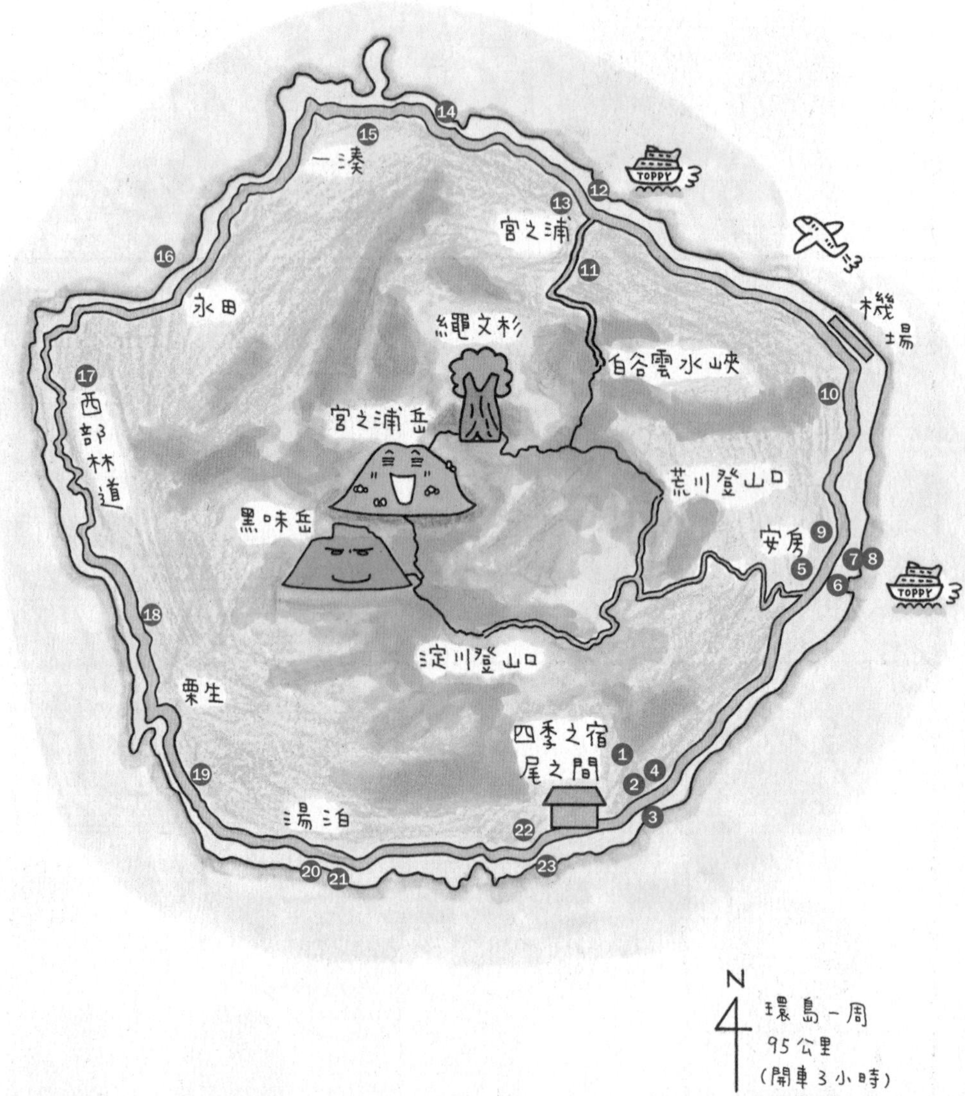

5 KAMOGAWA 餐廳

嚮導田平先生常去的定食屋。西式日式都有，餐點分量十足又好吃！

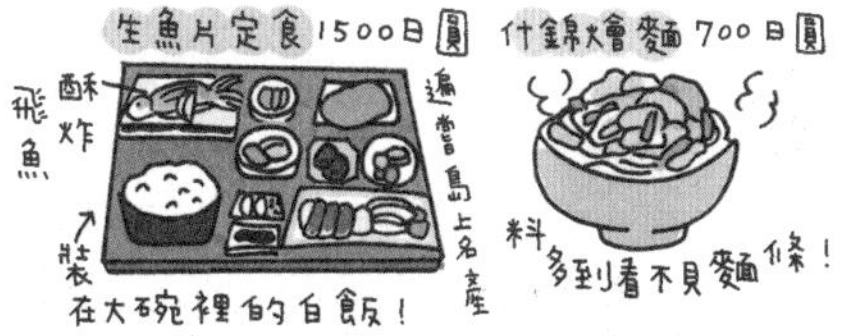

6 風來

非常舒適令人很想一來再來的居酒屋。這裡提供多種利用島上新鮮食材製作的料理，滋味道地又美味。

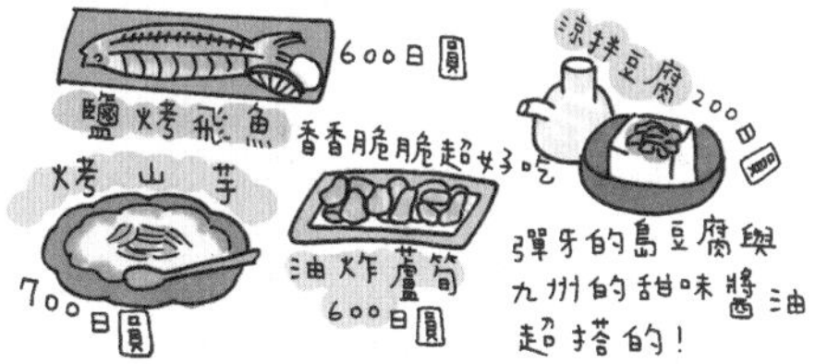

7 URAHAMA

位於購物中心「ECO TOWN AWAHO」內、由當地婦女會經營的烏龍麵店。

8 KOKOKARA

位於購物中心「ECO TOWN AWAHO」內、販售天然食品與雜貨的商店。屋久杉項鍊超可愛。

1 千尋瀑布

河水從一塊寬達400公尺的巨石上奔騰而下、高低落差有60公尺的瀑布。從遠處就觀賞得到。

2 椪・桶館

銷售椪柑、桶柑等農作物及其加工食品的商店。

3 TOROKI瀑布

水流直奔大海、全國罕見的珍奇瀑布。高低落差有6公尺。下車後可以在森林裡散步個5分鐘左右。

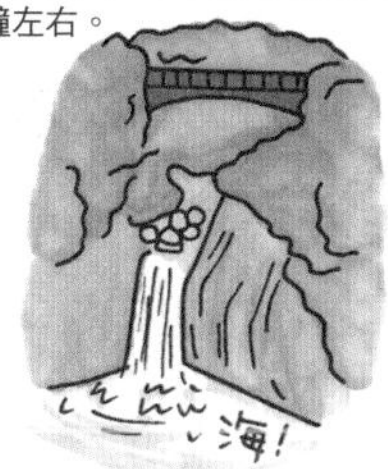

4 HONU

外觀可愛且散發著異國風情、提供手工飾品的店家。

⑬屋久島故鄉市場

販售各種屋久島特產與土產的土產店。

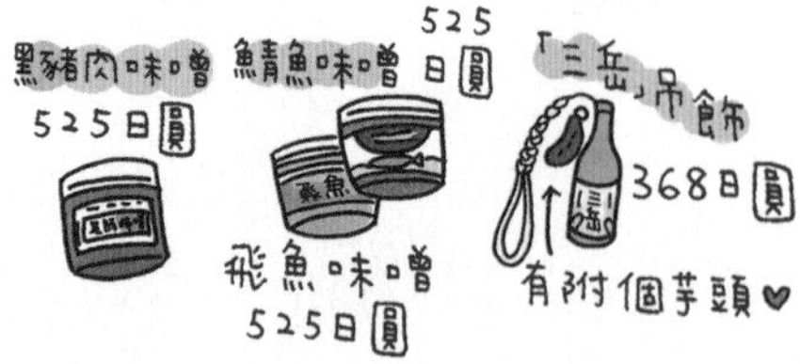
黑豬肉味噌
525日圓
鯖魚味噌
525日圓
「三岳」吊飾
368日圓
飛魚味噌
525日圓
有附個芋頭♥

⑭志戶子榕樹公園

蓋在榕樹群生長處的自然公園。如今依然可以見到不少榕樹及雀榕。入園費200日圓。

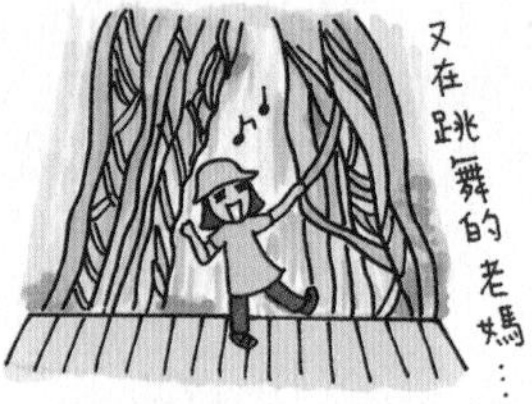
又在跳舞的老媽…

⑮一湊咖啡烘焙所

店內的氣氛舒適沉穩，販售自家烘焙的咖啡豆。

咖啡杯是本店招牌

⑯永田海濱

以海龜產卵地聞名的美麗海濱。

⑨壽司 磯之香

可以品嘗到當天現捕魚貨的壽司居酒屋。熱情的店員加上豐富的料理種類，讓人忍不住美酒一杯接一杯！

超好吃！
從外表就看得出是龜爪！
鮮魚飯糰 1680日圓
(當天的魚貨是鬼頭刀、飛魚、紅魽、章魚)
蒸烤龜爪(貝類)
730日圓
附味噌湯

⑩八萬壽茶園

販售無農藥栽培的高品質茶葉。

有機綠茶茶包
525日圓
有機屋久島紅茶
630日圓

⑪牛床詣所

屋久島山岳信仰的聖地。女性或兒童朝拜深山，及迎接在「朝山」時上山的男子的地方。

神秘卻又有點可愛的雕像
我也向祂合掌感謝保佑我平安下山

⑫新月堂

製造「本格燒酒饅頭　愛子」等點心的和果子店。特別推薦加了三岳製成的「屋久島燒酒果凍」。

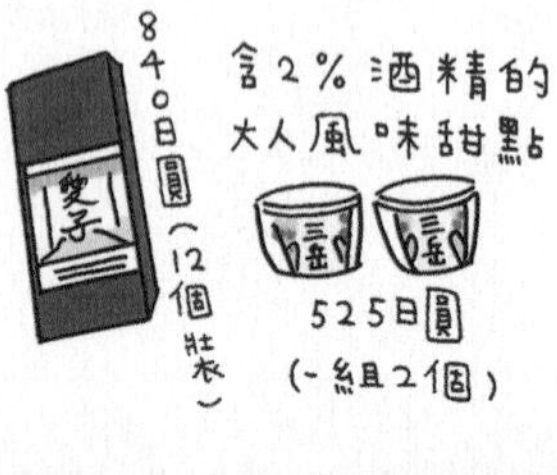
840日圓(12個裝)
含2%酒精的大人風味甜點
525日圓
(一組2個)

㉑平內海中溫泉

海邊的湧泉，只有退潮前後2小時能夠進去泡湯。男女混浴&一覽無遺&沒有更衣室。這裡是當地人的社交場所，泡湯時請遵守禮儀。嚴禁拍攝任何泡湯客。泡湯費100日圓。

㉒尾之間溫泉

水溫較高的公共浴池。傍晚時刻人多雜沓，最好是在早上～中午過後來。這裡是當地人的社交場所，泡湯時請遵守禮儀。團體客請盡量避免使用。泡湯費200日圓。

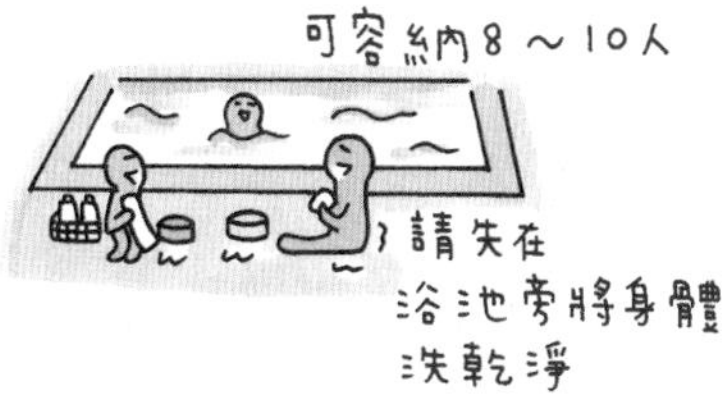

㉓JR HOTEL屋久島

擁有能夠一覽大海風光、景觀宜人的露天風呂的飯店。下午3點～6點，非住房客的旅客也可入內泡湯。提供肥皂和毛巾。泡湯費1000日圓。

⑰西部林道

穿過常綠闊葉林、鋪設完善的蜿蜒細長道路。位於世界遺產區域內，有不少鹿及獮猴出沒。

⑱大川瀑布

屋久島最大、高低落差88公尺的瀑布。可以近距離體驗水流衝擊而下時的驚人魄力。

⑲中間榕樹

如橋般橫跨在河邊的柏油路上，是屋久島最大的榕樹。

⑳湯泊溫泉

位於海岸邊的露天風呂。雖然有隔間但幾乎都是男女混浴&一覽無遺&沒有更衣室。溫泉水溫不高。更裡面還有一座面海的浴池。嚴禁拍攝任何泡湯客。泡湯費100日圓。

屋久島·宮之浦岳照片集錦

參貝背包怪客!

旅樂的特別節目!

姬沙羅

呀呼♡

耶—

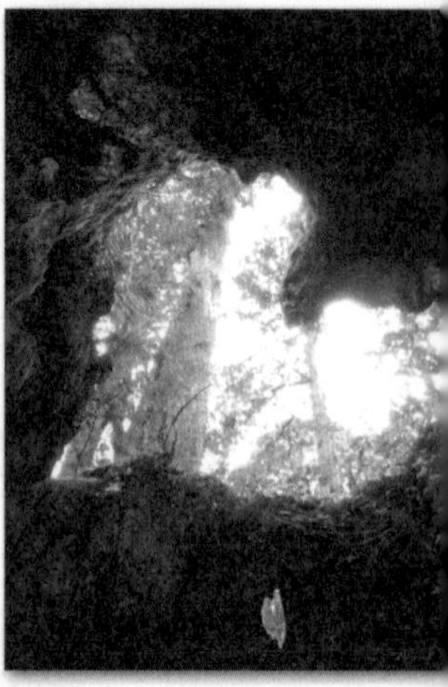

咯啦咯啦

這不是廁所喔…

超奢侈的旅樂料理

濃霧讚啦!

AFTER!!

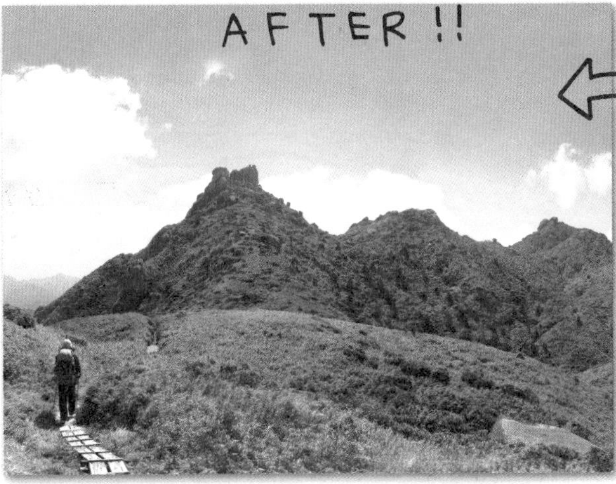

BEFORE

向三岳乾杯

屋久島‧宮之浦岳照片集錦

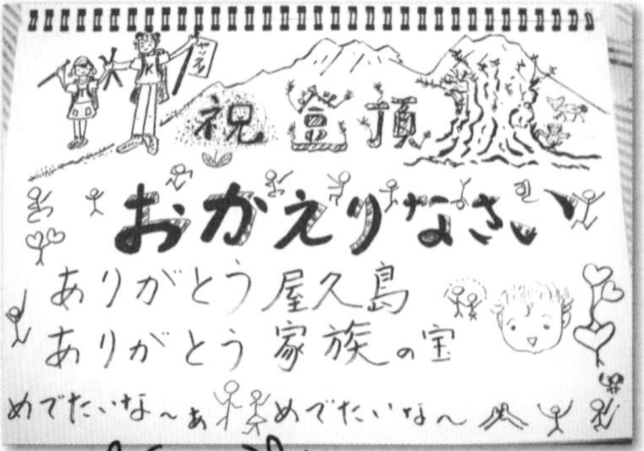

老媽的手繪本

好棒的溫泉哪～

本富岳～

南京玉簾（隨身攜帶）

屋久島我愛你～♡

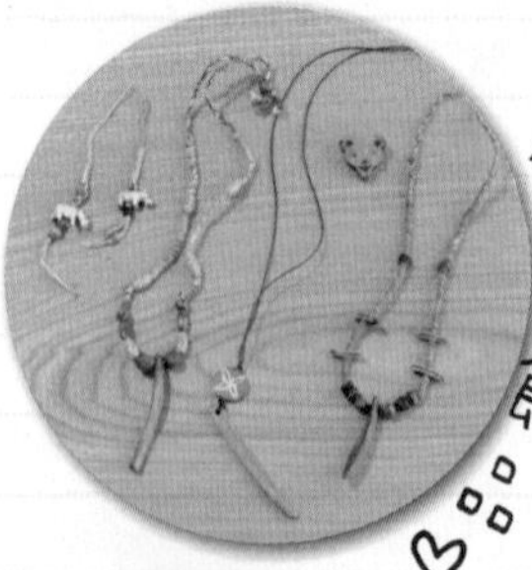

屋久杉飾品♡

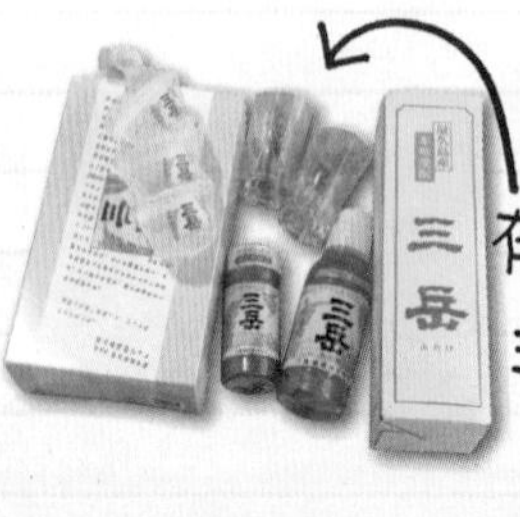

在超市買的三岳用玻璃杯裝酒

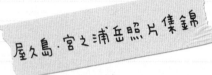

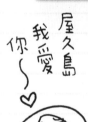

一路上「天哪----！」的驚喜不斷，
甚至沒多餘時間讓人感覺身體疲勞的，
正是屋久島樂園！
加上名嚮導田平先生的生動解說，
讓人充分享受了屋久島的無限魅力。
走在森林裡，覺得自己似乎也染上了一身綠，
站在稜線上時，平和而雄偉的氣勢彷彿置身天堂，
讓人有種「難道我已經死掉升天了嗎？」的錯覺。
大部分人參加的是當天來回的繩文杉行程，
但即使只想看繩文杉，我還是強烈建議大家能夠在那兒住上一晚。
繩文杉的確很棒，但除了繩文杉，
整座森林將能帶給你更多難以忘懷的美好經驗。
匆匆忙忙地穿越森林，根本就是入寶山空手而回呀！
森林、山脈、觀光，所有的一切都超乎想像地完美。
看來，我的的確確是「屋久島中毒」了。

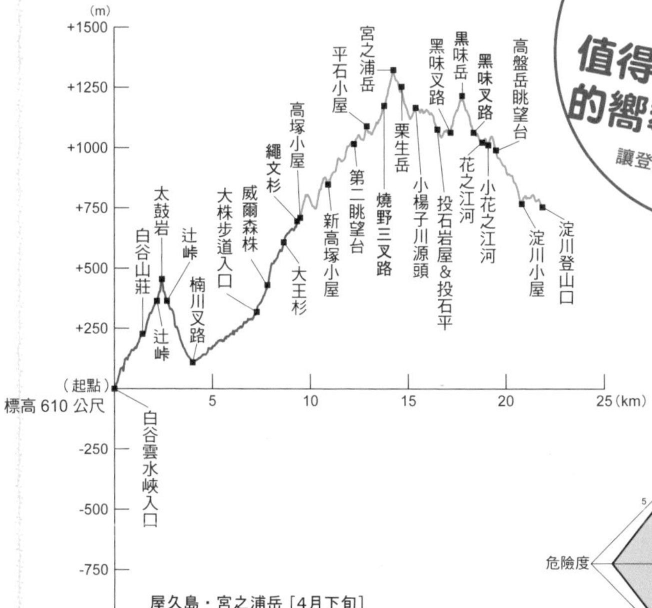

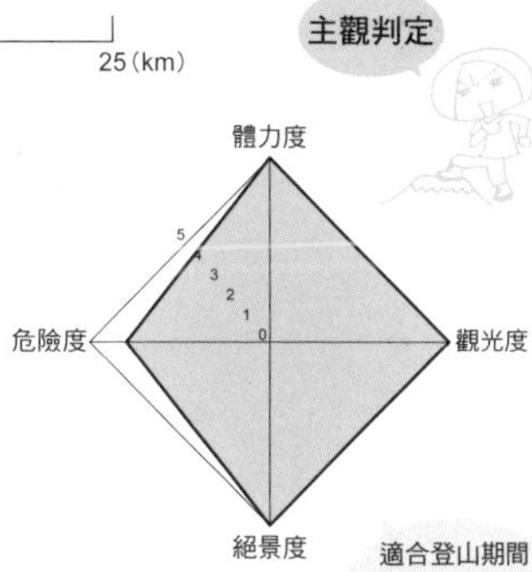

適合登山期間
4月中旬～
11月中旬

➡DATA
●屋久島觀光協會　☎0997-49-4010　http://www1.ocn.ne.jp/~yakukan/
●屋久島町商工觀光課　☎0997-43-5900　http://www.yakushima-town.jp/
●屋久島旅遊嚮導旅樂　☎0997-46-3818　http://tabira.biz/
●KAMIYAMA汽車租賃　鹿兒島縣熊毛郡屋久島町安房788-18　☎0997-49-7070　http://www2.ocn.ne.jp/~ky-kanko/
●四季之宿　尾之間　鹿兒島縣熊毛郡屋久島町尾之間641-15　☎0997-47-3377　http://www.h3.dion.ne.jp/~yasuakim/

這些都是我愛用的登山用品。雖然沒必要全都帶上山去，卻都是一些「帶著安心，用起來方便」的好東西。

●THERMAWRAP SKIRT

「mont-bell」的化纖鋪棉短裙。遇到冷風強勁的稜線或在山中小屋時，可以捲在衣服上使用。輕巧的195公克加上能夠直接收納在裙子上的口袋內，攜帶起來非常方便！兩面穿的設計可隨意變換顏色與風格。

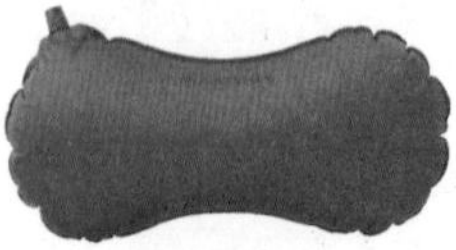

●Soft Skin Pillow

有了這個枕頭，即使夜宿帳篷也能睡得香甜舒適。目前我最愛的是「MAMMUT」的「Soft Skin Pillow」。觸感柔細，剪裁貼合頸部曲線，我非常喜歡。

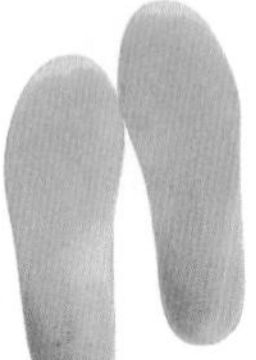

●Superfeet

可以讓腳底的足弓保持正確的弧度，讓腳維持・回復原有彈力的鞋墊。材質雖然是硬的，使用後發覺膝蓋的疼痛感竟然減輕了。

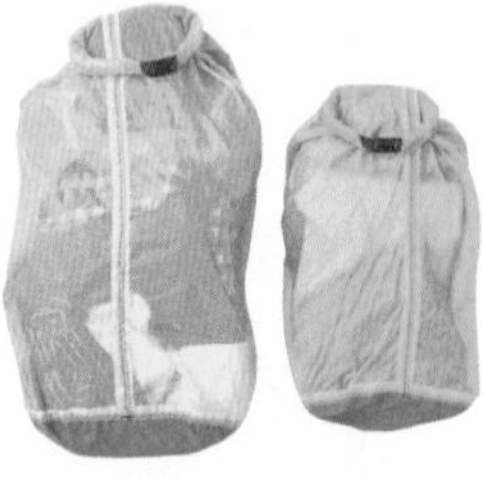

●SIL Drysack

「Granite gear」的輕量・防水背包。底部採用透氣材質，能夠像壓縮袋般收納衣服。M size可放禦寒衣物，L size可放換洗衣服，使用起來相當方便。

●ZAMST的護膝

由於我曾經在下山時犯膝蓋痛，為了預防萬一，所以總是隨身攜帶護膝。推薦這款即使穿著鞋子也能穿脫自如、全開式的「MK-3」。

●袖套

夏～秋季時可搭配短袖上衣的重要配件就是這種袖套了。穿脫簡單，既能調節體溫又可防曬。我喜歡的是合身款式的「smart wool」。

●FLOODRUSH SKIN MESH

「finetrack」的超薄纖維內衣。超級防潑水材質讓你即便滿身大汗，肌膚也不會覺得冷，穿起來非常舒適！由於洗衣劑可能殘留在衣服上妨礙原有的功能，只須以清水沖洗乾淨即可。

●Glimmis

瑞典製具夜光反射功能的飾品。我把這個裝在背包上做記號。

●Nite Ize的鑰匙圈

上面掛有6個直徑3公分彩色扣環的鑰匙圈。可以掛在背包上當小鉤子使用，或者將迷你手電筒掛在小包包的拉鍊上、把濕衣服掛在背包上晾乾等等，用途十分廣泛。

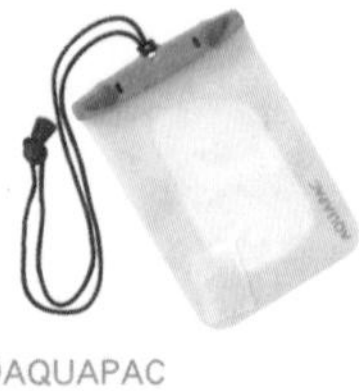

●AQUAPAC

英軍也採用的完全防水相機盒。把相機裝入袋內就可以直接拍照，下雨天的時候照樣能夠盡情按快門。放進附贈的乾燥劑，就不怕鏡頭起霧了。

毛巾

「MSR」的吸水・速乾毛巾。抗菌處理不易沾染臭味。小毛巾可以用來擦汗，大毛巾可當浴巾使用。即便是大毛巾也只有240公克，不會增加行李的負擔。

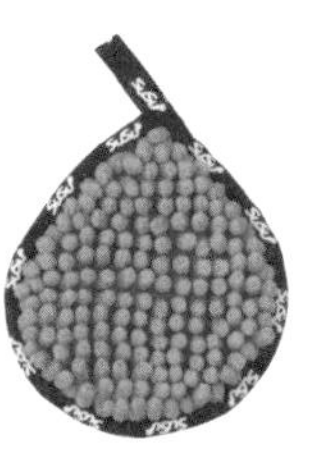

SUSU的速乾抹布

朋友強力推薦的奈米纖維製吸水抹布。在屋久島，不論是濕掉的背包、雨衣、帳棚上的霜雪等，有了這個就能輕鬆解決。擰乾之後立刻恢復吸水力。

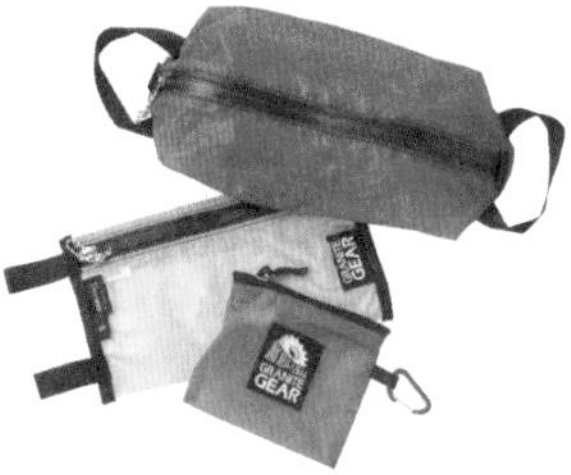

GRANITE GEAR的小包包

重量只有10～28公克的超輕量小包包。形狀、大小、顏色種類非常豐富，可以視需要搭配使用。黃色的AIR POCKET（S號），我將它拿來當化妝包使用。

粉雪阻雪籃
（Powder Bakets）

走在雪地時裝在雪杖前端的阻雪籃，可避免雪杖沒入雪中。

OK繃

能夠減輕疼痛、促進傷口癒合的OK繃。材質輕薄，不易脫落。此外我還隨身準備了能服貼著腳後跟的「鞋用」OK繃。事先貼好就不怕腳磨破皮了。

GRAN'S REMEDY

來自紐西蘭的鞋用抗菌、除臭粉。把白色粉末撒進鞋內，直接穿上鞋子就行了，臭味立即消失彷彿不曾存在過似的，十分神奇。效果可持續6個月以上。

芒果乾

將即將成熟的芒果乾燥之後製成芒果乾，味道不會太甜。酸酸甜甜的好滋味，很容易讓人一口接一口。

GLYNA

一種顆粒狀的營養補給食品，添加了可以讓身體獲得休息效果的胺基酸。開始登山的前幾天或者必須在不是很舒適的山中小屋過夜時喝一點，即使只睡個短短幾小時，醒來後也會覺得神清氣爽。

KUKSA&鈦杯

這是我很喜歡的杯子。木製的KUKSA雖然重量不輕但口感非常溫潤，用得越久就越有自己的風格出現。鈦杯十分輕巧，而且具有保溫、保冷等多重功能。

瞬間美食咖哩

注入熱水後10秒鐘即可食用的真空乾燥包咖哩。滋味深沉濃厚，好吃極了！「AMANO FOODS」的真空乾燥包系列，每種口味我都沒放過。

輕食咖哩

不需加熱就能食用的條狀咖哩包。30公克的小包裝，在山中小屋吃飯時就可以適時為自己加菜了。

nalgene水壺

輕量耐用的塑膠水壺。壺口大，壺蓋還附連接環。我通常拿它來裝我的行動零食（最常出現的是綜合穀片和綜合柿種）。裝在裡面的零食不但不易碎，吃的時候也不會弄髒雙手。

原來如此呀!
不知不可的登山知識
日本的高山
日本的第2高山是哪一座?
我知道，是槍岳!
啊，差一點點，槍岳排名第5
第2名是北岳
日本的前5名高山
1. 富士山 3776 公尺
2. 北岳 3193 公尺
3. 奧穗高岳 3190 公尺
4. 間之岳 3189 公尺
5. 槍岳 3180 公尺
這五座山都位於本州的中央
北阿爾卑斯山
富士山
南阿爾卑斯山
那麼，日本超過3000公尺以上的高山有幾座呢?
10座!
其實數量更多唷
正確答案是21座
換個方式數的話數量就更多了
(例如立山又可再拆成雄山與大汝山兩座山個別計算)
除了「富士山」及「御嶽山」之外
全都隸屬於「北阿爾卑斯山」與「南阿爾卑斯山」內
北阿爾卑斯山 (10座)
御嶽山 3067公尺
南阿爾卑斯山 (9座)
富士山
高山全都集中在這一帶嗎?
這問題問得好!
就算我們把範圍擴大到前100名高山
頂多也只有「中央阿爾卑斯山」、「八岳連峰」、「白山」進入排行榜，當中依然有83座山隸屬於北阿爾卑斯山與南阿爾卑斯山系
八岳連峰 2899公尺 (5座)
北阿爾卑斯山 (52座)
富士山
南阿爾卑斯山 (31座)
御嶽山
中央阿爾卑斯山 (9座) 2956公尺
白山 2702公尺
此外，它們大多坐落於長野縣
長野縣因為擁有三座阿爾卑斯山，因而又有「日本的屋脊」之稱
乾脆搬去長野住好了!?

槍岳

我來挑戰了！斷垣絕壁的山頂

目標！槍岳

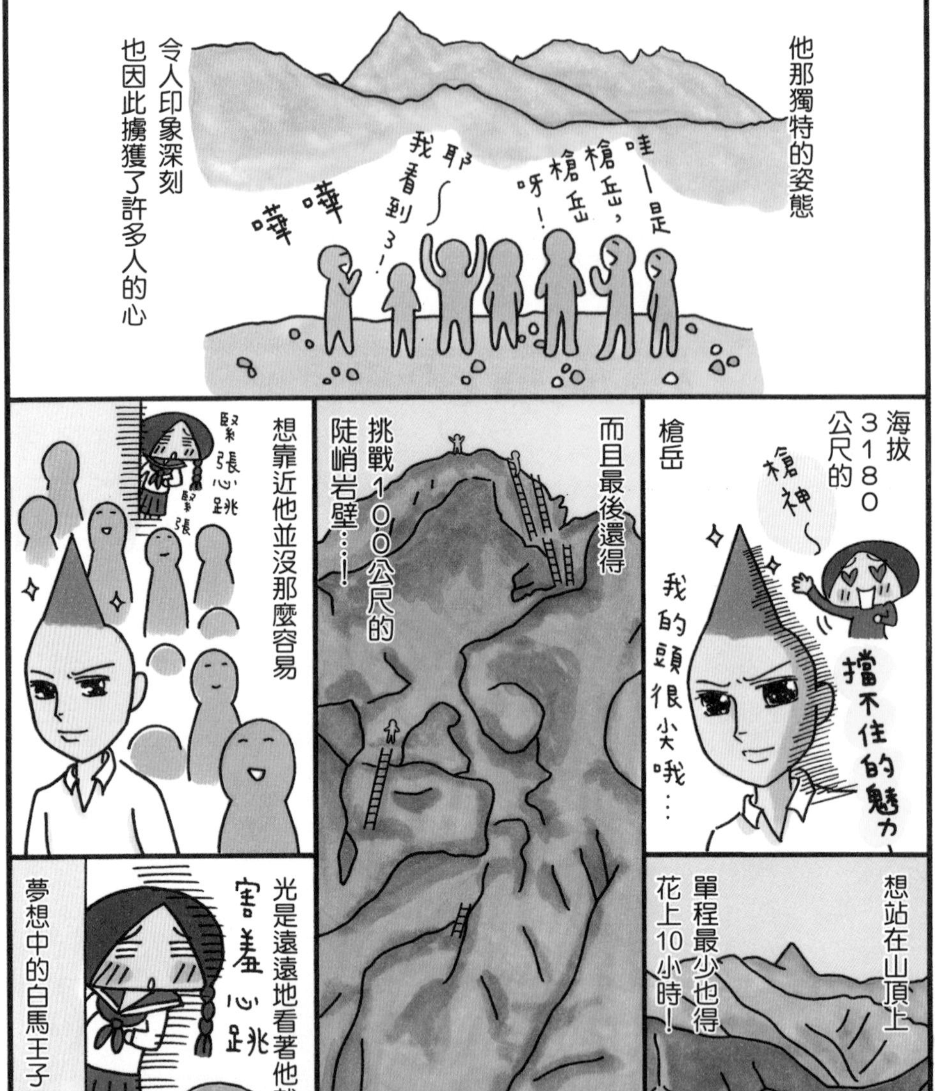
他那獨特的姿態
哇—是槍岳，
槍岳呀！
耶～我看到了！
嘩嘩
令人印象深刻
也因此擄獲了許多人的心
海拔3180公尺的
槍岳
槍神～
我的頭很尖哦…
擋不住的魅力～
而且最後還得
挑戰100公尺的
陡峭岩壁…！
想靠近他並沒那麼容易
緊張心跳
緊張
想站在山頂上
單程最少也得
花上10小時！
光是遠遠地看著他就覺得好幸福
害羞心跳
夢想中的白馬王子

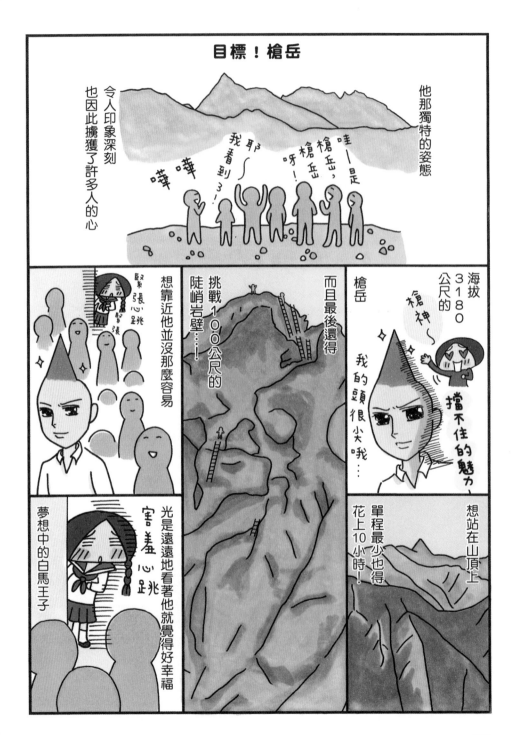

但如今
登頂想像圖
槍!!
為了讓自己美夢成真
我勇敢跨出了第一步
上高地巴士轉運站
不同於以往出發時的開朗心情
此刻的我其實心中充滿了壓力——
♪不能舔喔～
不能舔喔～
VC-3000
喉糖～
嗚哇啊啊啊
昨天晚上啊，我竟然夢見天童芳美不知道坐在什麼東西上面朝我追過來，還一邊唱著「不能舔喔～」……
ㄜ…妳還好吧？
妳說是坐在什麼上面？
離開巴士轉運站5分鐘後抵達河童橋
這裡是上高地的觀光中心區
但今天這裡只是這趟行程的出發地
奧穗高岳↓
我們要沿著此處的梓川往山上走
走一段路後地名變成槍澤最後才抵達槍岳
大天井岳
槍岳
常念岳
奧穗高岳
槍澤
梓川
現在此處

我在這兒唷！
攀登的高度為1680公尺！
等於7座六本木之丘!!
而且路程有19公里（單程）！
這次的計畫
沿著槍澤來回的3天2夜登山
+
之後的上高地觀光之總計4天3夜之旅
走唄！
槍
第1天
第2天
接連兩天登山
第3天
下山
第4天
觀光
第1天
一步一步往深山推進
第1天的住宿
槍澤小屋
第2天
一點一點向上攀登
也就是說，第2天才會進入這次的主要行程：攀登槍岳了……
就高度來說第1天只爬了全程的20%
上午9點
出發
很快就跨過了一條美得不可思議的清澈河流
清水川
往森林深處前進

上高地的深處再深處
一開始的3小時
嘎啾
嘎啾
嘎啾
都是走在平坦寬敞又好走的山路上
有些人稱之為「橫尾街道」
而且經過一小時後便抵達了山中小屋
橫尾山荘
德澤園
明神館
一路走到最前面的明神館可以見到許多觀光客
接著行程慢慢進入了登山客的世界
絕不客觀的猜想
登山客的比例
橫尾山荘 ← 德澤園 ← 明神館 ← 河童橋
1
9
3
7
7
3
9.5
0.5
登山客
觀光客
一路上邊享受著森林浴
走到明神館剛好花了1小時
明神岳的眺望點
還欣賞了
神祕的池塘和
好美~
稱為古池

眺望穗高連峰
前穗高岳
55分鐘後
抵達了位居第二的德澤園
前方就有公家經營的德澤小屋
要抵達位居最後方的橫尾山莊
還必須沿著同一條路繼續走1小時10分鐘
不過
很快就能見面囉
一想到很快便能親近槍岳腳步越來越輕快
咦?
下雨了…?
是雨沒錯
這雨結結實實地下了10分鐘
啪沙—
安不安全哪?
別擔心,大樹會保護我們的

（譯註：日語中的「糖」字發音和「雨」相同）

——不過這場演出也太激烈了點⋯
啪沙
河水不斷沖刷撞擊
發出的啪沙聲響令人心生畏懼
啪沙
好～讓你們瞧瞧我的真本事!!
耶！
19分鐘後抵達二之俣
這裡又恢復成正常的登山路了
槍岳
上高地
二之俣
距離今天的投宿地點槍澤小屋還剩30分鐘路程
我會加油的
受到指示牌的鼓舞
快到槍澤小屋囉，加油！
下午2點50分順利抵達
關於這個山中小屋
・位於槍澤的下部（1820公尺）
・攀登槍岳的中繼站
・水源豐富可泡湯
・可容納150人
・提供部分付費個人房（按照當天來客先後順序）
・提供簡單的沖水廁所（西式）
從小小的廣場可以看見槍岳
踏進去一看——

裡面掛滿了各種周邊商品
槍澤小屋T恤
槍岳T恤8色
槍澤小屋手巾
頭巾
槍岳山莊原創 燒烤磁磚藝術創作
槍岳酒
槍岳
還掛著現場拍攝的照片
這種地方粉絲（我）怎麼抵擋得了呀
啊，槍神！
您好！
房間
很舒服～
為了當作攀登槍岳紀念很努力地訂到了個人房
6個榻榻米大小
泡泡湯流了一些汗
真舒暢呀～
關於這個浴池
・並非溫泉水
・只有浴池及木桶（洗澡的地方沒有水龍頭）
・水質無色透明
為了保護大自然，肥皂洗髮精、刷牙粉都不可使用。
下午5點吃晚餐
白飯
油豆腐
蔥花味噌湯
羊栖菜
毛豆 甜不辣
烤魚
牛蒡沙拉
清燙菠菜
紫蕨菜
這裡是我們夫妻倆夢寐以求的地方呢
這是我第三次的挑戰
第一次因為天候不佳放棄
第二次因為身體不適放棄
明天我一定要好好雪恥
開始登山之後心裡就想著要找一天來爬這座山，如今終於能夠成行了
大家都是抱持著夢想來爬這座山
這一餐加了眾人的美夢調味
真是特別的一頓晚餐哪

夏天的雪白世界
隔天早上4點
起床
吃了便當
名產
散壽司便當
以竹葉包裹、分量十足的便當
雞蛋丁
蓮藕
香菇
薑
醋飯有助於
消除疲勞！
將登頂時不必帶的東西另外放好
放在玄關大廳裡但要自行保管（只提供給住宿客使用）
5點鐘出發
首先我們花了3小時
往這個稱為Green Band
的地方前進
現在此處
站在這個由冰河帶來的石塊
堆砌而成的高台
尖尖的山頭
終於也首次浮現身影了
稱為冰磧石
一開始是走在森林裡
中途變成了岩石道路
走了37分鐘

槍神朝聖之路指標1
Babadaira露營場
以前曾經是個山莊
槍澤小屋～山頂course time的
12%
踏進去需要鼓起點兒勇氣
廁所
但為了以防萬一還是上了廁所
休息一下
往前的路程4小時以上都沒有廁所
抵達山頂的course time
光是第2天就要5小時25分鐘
相當於從富士山五合目爬到山頂的距離
槍岳
山頂
3180公尺
5小時
25分鐘
1360
公尺
槍澤小屋
1820公尺
富士山
吉田口山頂
3710公尺
5小時
30分鐘
1405
公尺
河口湖口五合目
2305公尺
只是槍岳不像富士山有「合目」作為標示，
而是以7個地點為路線的指標，
順著指標往上攀登
在河原上走了一段時間後
路徑轉進了雪溪
就這樣不斷在雪溪與夏道交錯的路徑上慢慢往上推進
※夏道＝沒有積雪的登山道
這條路也太像滑水道了吧？

這附近是個由冰河切削而成的U字形峽谷
回頭一看，這裡真的很像一座超大型的滑水道
離開Babadaira後31分鐘
槍神朝聖之路指標2
大曲（水俣乘越叉路）
俣字的讀法是「ㄩˇ」
23%
我們正上方的稜線其實就是表銀座！
從這裡走1小時25分鐘經過表銀座也可以到達山頂
表銀座路線
槍澤路線
現在此處
只是這條路徑較為險峻，而且要再多花30分鐘
甚至還有這種爬繩梯的路段
附帶一提
大曲的標示牌還是放倒在地的（7月中旬）
冬季時期標示牌會被放倒下來
從大曲往前走有個如同其名的大彎道
表銀座
走出U字形峽谷後視野也瞬間變得開闊
前方全是雪雪雪！
8月上旬～中旬在槍澤還見得到雪溪

從這裡開始要——
變身～！
雪溪漫步人！
①防紫外線太陽眼鏡
必要程度100
②手杖
必要程度60
③襪套
必要程度80
④輕型冰爪
必要程度90
冰爪是指
走在堅硬的雪地時裝在鞋底防滑用的爪子
4～6根爪子的稱為「輕型冰爪」
此外若沒有戴上「抗紫外線太陽眼鏡」很可能造成雪盲症（因紫外線引起的眼睛發炎症狀）
請使用抗紫外線率在99%以上的產品
目標山頂就位在這座山的右邊（從這裡還看不到）
Green band
總之我們必須先繞過正中央的茂密山丘右側，往Green band右端前進
行走雪溪的迷你講座①
雪溪不像夏道會留下足跡，因此必須仔細確認路徑
對了，還有一件事！
行走雪溪的迷你講座②
雪溪會先從正中間及兩端開始融化，因此請走這些範圍以內的地區
踩空的話非常危險！
有了冰爪就能走得安心又愉快
而且
聽冰爪咬住雪塊的聲音別有一番情趣
沙嘎
沙嘎

感覺自己已經是個登山專家
想像圖
沙嘎
沙嘎
——心中正得意時
咦？已經走完啦？
滑
40分鐘後，在一個位置較高的地方，夏道又出現了
卸下冰爪
往前走了22分鐘——
比起雪溪，夏道走起來安全多了
槍神朝聖之路指標3
天狗原叉路
天狗原
天狗原
42%
是天狗原
能夠欣賞到「逆槍」絕景的地點（別名「冰河公園」）
單程40分
只是必須等到8月上~中旬白雪融化、水面出現時才有機會看得到……
這次就先跳過繼續趕路
坡度越來越陡峭
循著一連串彎彎折折的上坡路爬了54分鐘後
Green band已經近在眼前了

只是眼前這個關卡
要從這邊走過去？
在目前這個時節算是個大難題——
我必須水平橫跨過這道十分陡峭的雪溪
※TRAVERSE＝水平方向的移動
雖然有挖出一條大概的路徑
但踩在腳下還是感覺得到路面有點傾斜……
啊
沒事吧!?
我忘了帶金牛角來!!
什麼嘛…
手指套著金牛角站在槍岳山頂上是我的夢想耶～!!
我這個人怎麼老是出錯（?）啦
從天狗原叉路走了1小時4分鐘
終於到達Green band了

死亡區域？
槍神朝聖之路指標4
Green band
60%
整個山頂就是個大大的三角形
不論從哪個角度看都像是個畫出來的三角形
可能是距離還有一公里遠吧
看起來竟然這麼小一個
但是
腦內想像圖
妳終於來啦！
一想到這個畫面，精神立刻又振奮了起來！
忍不住來來回回拍了好幾張紀念照
喀擦
喀擦
喀擦
Green band之後山路再度變成了雪溪
馬上轉換成踢踏步的方式往上爬
所謂的踢踏步是
走在雪地時不使用冰爪的步行方法
上山
①將腳尖往旁邊踢進雪地
②踩出一個能夠立足的空間
下山
①以腳跟往下踏進雪地
②踩出一個能夠立足的空間

這是個相當陡峭的斜上坡面
加上雪地硬梆梆的，很難把腳踢踏進去
喀
你們是想找死嗎？
沒帶冰爪喔？
行不行啊？
樹枝
走這麼驚險的路段沒帶冰爪，簡直是自找死路呀
途中有兩位經過的登山客都說我們是「想找死嗎」
20分鐘後
終於到達有岩石裸露的區域
槍神朝聖之路指標5
坊主岩小屋（播隆窟）
66%
這裡是首位登頂的出家人播隆晚上睡覺的地方
附帶一提
首位登頂的有播隆以及負責帶路的又重兩人
1828年
播隆
又重
於是我們裝上冰爪後再次出發
這樣輕鬆多了
雪溪時就先裝好比較安心
最好是在橫跨
朝著山中小屋的人立起的竹竿為目標前進
雲層上偶爾會落下滾石
行走雪溪的迷你講座③
雪溪附近容易出現落石，走的時候一定要注意看前方
石頭會一聲不響地滾下來

那句「不能舔喔」的歌詞，指的也許是這些雪溪吧？
有可能哦
全副武裝戴上冰爪＋雪杖的我們
沙嘎 沙嘎
走到終點的期間都不再害怕了
完全擺脫那句「想找死嗎」的陰影
花了31分鐘離開雪溪
踩著步伐朝正上方的山中小屋前進
卸下冰爪10分鐘後——
廁所！零食！廁所！零食！
槍神朝聖之路指標6
78%
殺生小屋
殺生＝打獵（以前這裡曾經是喜作的打獵小屋）
經過4小時38分終於又遇到廁所＆商店
殺生小屋
這山中小屋明明就在槍岳上啊，怎麼可以沒賣頭尖尖的金牛角啦!!
他們有賣洋芋條喔
算了，洋芋條也可以啦
什麼嘛→？
喀滋喀滋喀滋
200日圓

（譯註：日文的「舔」發音與「滑倒」相同）

往偶像的肩膀靠近
朝聖之路最後一個指標
是槍岳山莊
3180公尺
3080公尺
坐落在
山頂的
正下方、
又稱槍肩的位置
山頂就在
從這裡往上100公尺的
陡直岩壁頂端
朝著山莊
以之字形的方式走在
越來越險峻的陡上坡
長久以來只能躲在角落
偷偷看著它
深深愛慕的那個人
如今他就近在眼前
眼前的他毫無遮掩
英姿煥發地佇立在
蔚藍的天空下
內心的澎湃
不是只有開心兩字可以形容

ㄜ～～怎麼辦……
我開始緊張起來了……
非登上山頂不可的壓力一古腦兒全湧了上來
槍神會願意接納我嗎？
離開殺生小屋40分鐘後——
槍神朝聖之路標識7
槍岳山莊
上午11點34分
91%
近在眼前的山頂
好像沒那麼可怕耶…？
孫槍(不是小槍)
竟然覺得它似乎有點兒小
13℃左右
確認山莊裡也沒有賣金牛角後
夢碎…
放好背包
開始往山頂前進
附帶一提
如果沒有遇到雪溪（8月中旬以後）要抵達槍肩其實並不困難

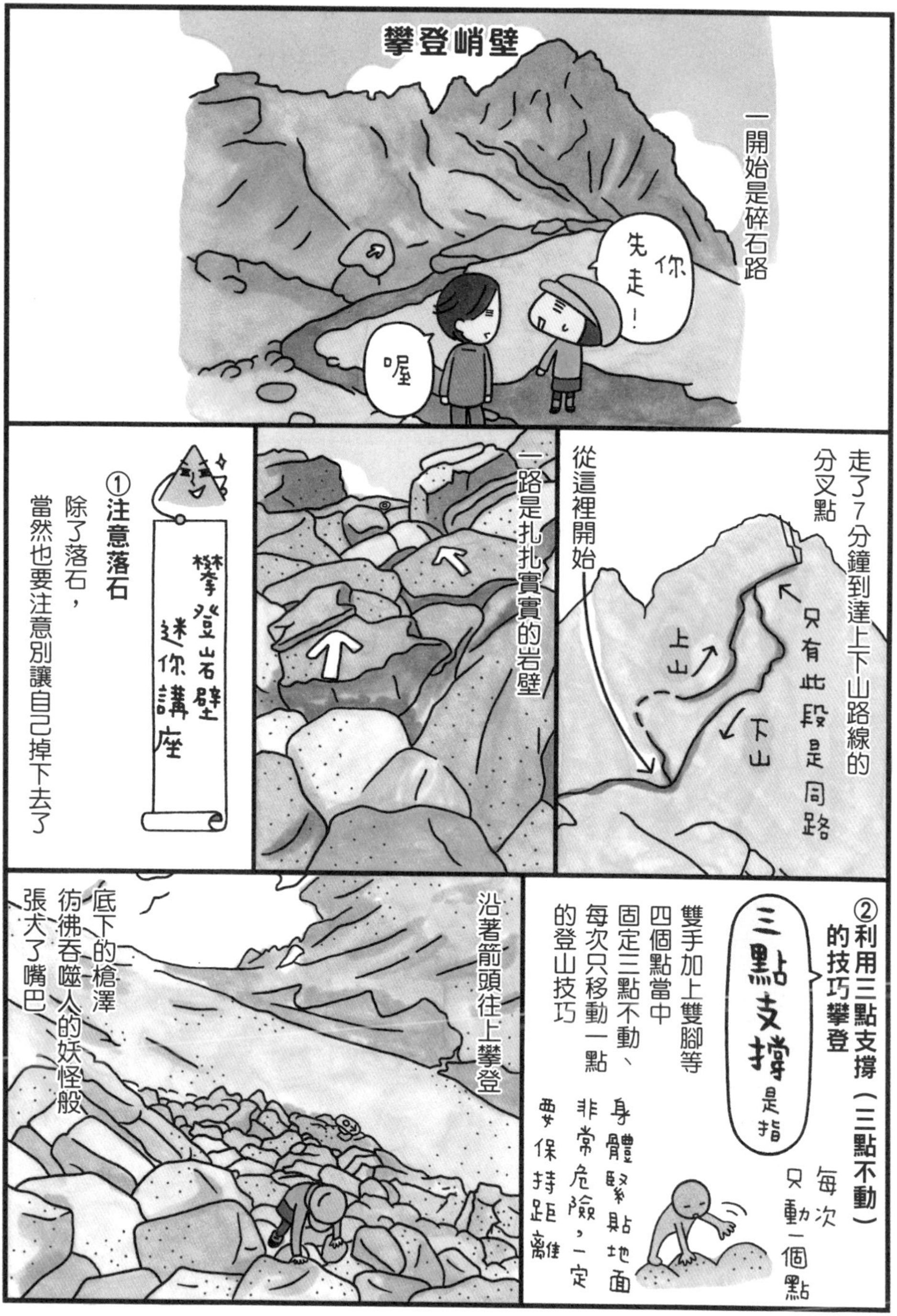
攀登峭壁
一開始是碎石路
你先走！
喔
走了7分鐘到達上下山路線的分叉點
只有此段是同路
上山
下山
從這裡開始
一路是扎扎實實的岩壁
攀登岩壁迷你講座
①注意落石
除了落石，當然也要注意別讓自己掉下去了
②利用三點支撐（三點不動）的技巧攀登
三點支撐是指
雙手加上雙腳等四個點當中固定三點不動、每次只移動一點的登山技巧
每次只動一個點
身體緊貼地面非常危險，一定要保持距離
沿著箭頭往上攀登
底下的槍澤彷彿吞噬人的妖怪般張大了嘴巴

往上爬了一段路後
咦？往這邊？
稍微往下爬
繞進從山莊看不到的左側道路
那邊是陡峭高聳的小槍形成的斷垣絕壁
一陣退縮的情緒浮上心頭
說不定我根本就不該來這個地方……
別著急，我們慢慢走吧
好
不安
緊張
路徑再度變成岩壁
前方的路越來越陡峭危險
現在若是退縮害怕一切就都白費了
別心急，小心地慢慢往上爬就對了
手腳踩踏的空間還滿容易找到的似乎比想像中好爬多了
往上的道路在靠山莊那一邊
從這裡開始要爬7公尺繩梯

攀爬繩梯迷你講座
①繩梯每次只容一人使用
②手要抓住階梯而不是繩梯的兩端
掌握野外求生運動的技巧
順著山形而上、踏板狹窄的繩梯
確確實實地固定在壁面上可以放心地攀爬
爬到繩梯盡頭後
有個簡單的迷你繩梯
之後緊接著是打入岩壁內的6根岩釘
這是這趟旅程中最大的關卡
但只要把它想成是公園裡的健身器材就不會覺得太困難了
爬到最頂端後
就是上下山共用的攀登鎖鍊
攀登鎖鍊的迷你講座
①鎖鍊每次只容一人使用（不使用也OK）
②不要太依賴使用鎖鍊
與從旁經過的登山客相互讓路
沿著通往山頂的繩梯向上爬
使用前方的繩梯上山（裡面是下山用的）
首先是5公尺的繩梯

最後是相當於三層樓高的9公尺繩梯
慢慢爬不要急
小心謹慎
只要專心於
眼前的事情就夠了
高度雖然滿嚇人的
但只要敞開心胸接納它
絕對能夠順利地爬上山頂
已經到了喔
從槍岳山莊走了28分鐘
這裡就是——

我夢寐以求的
槍岳山頂
太好了—
拍拍手
淚流滿面的我
接受了大家紛紛而來的祝賀
恭喜妳成功登頂！
那一天的那個時刻 在那個地方
沒問題
偶爾聚集在一起的人們
我不知道他們的名字
不曉得他們家住何處、將往哪裡去

但是在那當下瞬間
對任何人來說都是
終身難忘、最特別的一刻
來，
要拍囉～
槍岳
能夠和大家一起站在山頂上
感覺真好
要拍囉
當時那一張張溫暖的笑容
都讓我打從心底覺得
登山真是一件美好的事
槍岳 3180公尺
遠遠可以看見常念岳
那一天
我就站在那朝思暮想的景色當中
現在或許也有某個人
正直盯著這邊看呢？

喔，
是北鎌尾根耶
是北鎌尾根
一般登山客
絕對禁止進入的超高難度路線!!
鎌尾根＝像鎌刀般的狹窄尾根（稜線）
對於挑戰劍學長與奧穗學長我也躍躍欲試
藏在槍神後面（北邊）的臉
在山頂開心地待了18分鐘後
開始下山
洋芋條
附帶一提
山頂令人意外地平坦，大小能夠容納30個人左右
關於下山的迷你講座
①要比上山時更加謹慎小心
對人類來說，上山容易下山難
②以臉朝前方的姿勢下山時
若覺得危險，馬上改以三點支撐的姿勢下山（轉身以背面朝前）
剛開始時踩著搖晃的繩梯感覺滿恐怖的
緊張不安
不像上山時那般危險的路段會有鎖鍊
不慌不忙，小心謹慎地慢慢爬
28分鐘後順利抵達槍岳山莊

槍神的周邊商品大會串
登頂後的餘興節目就是
在槍岳山莊裡尋寶
槍岳是心靈的故鄉
小賣店
槍岳
腎上腺素大爆發!
手巾
700日圓
槍岳是心靈的故鄉
槍岳
我最想要這個!
T恤
共5色
3000日圓
槍岳酒
2000日圓
槍岳山莊火柴
10日圓
復古風情超可愛~♥
毛巾布圍巾
1500日圓
槍
買兩件當情侶裝作紀念吧?
我心領了
委婉推辭
還有一個心裡偷偷想要的東西就是這個
小屋工作人員穿的槍岳工作服(非賣品)
好想要喔~!
這些商品只有在開賣期間才吃得到
輕食堂「槍岳廚房」的
現烤麵包
名產
迷你巧克力可頌
250日圓
可頌
350日圓
楓糖核桃
450日圓
失落
在3080公尺的高山上竟然吃得到現烤的麵包!
一下子就賣光光了!
(7月中~9月下旬販售)

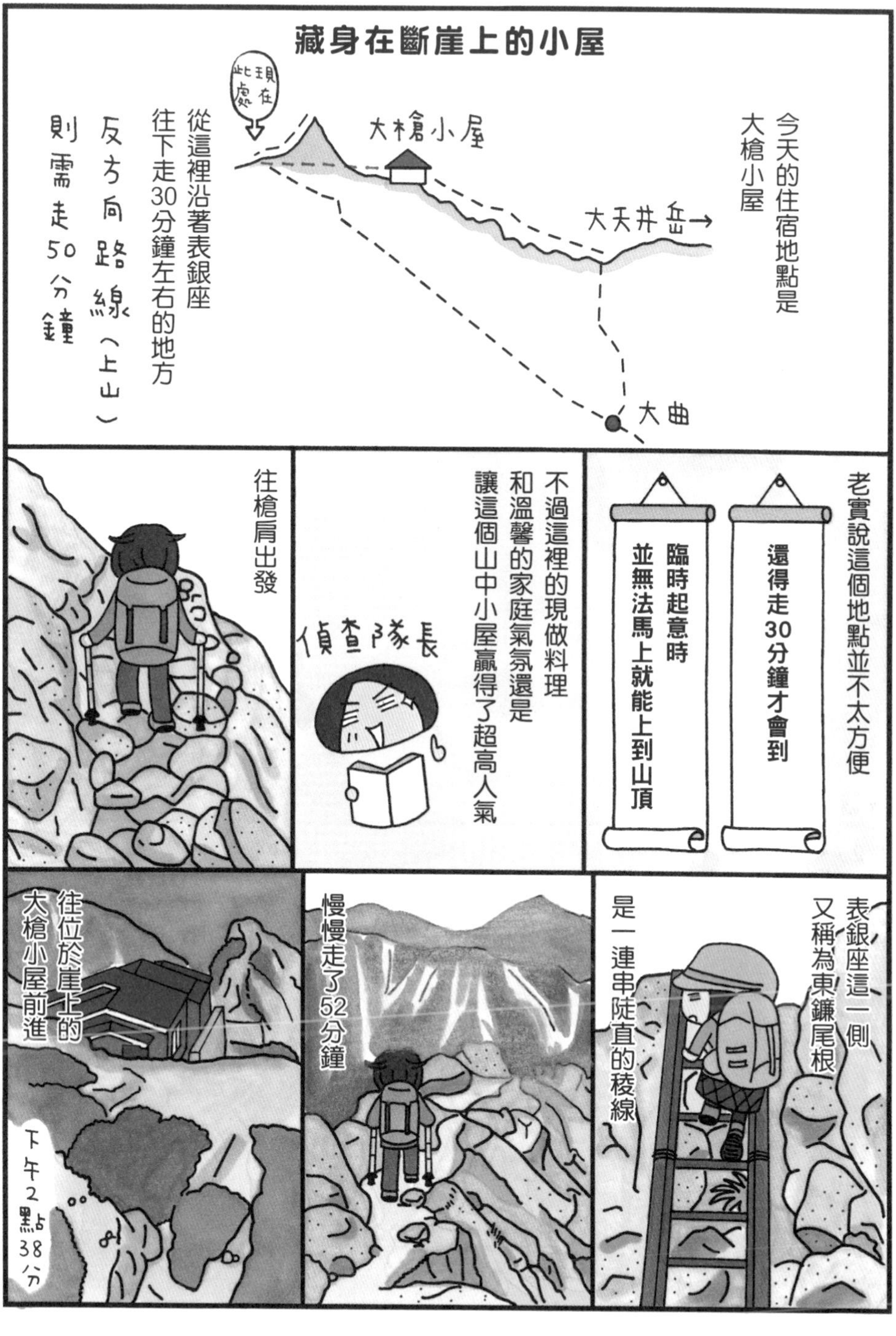
藏身在斷崖上的小屋
今天的住宿地點是大槍小屋
現在此處
大槍小屋
大天井岳→
大曲
從這裡沿著表銀座往下走30分鐘左右的地方
反方向路線（上山）則需走50分鐘
老實說這個地點並不太方便
還得走30分鐘才會到
臨時起意時並無法馬上就能上到山頂
不過這裡的現做料理和溫馨的家庭氣氛還是讓這個山中小屋贏得了超高人氣
偵查隊長
往槍肩出發
表銀座這一側又稱為東鐮尾根
是一連串陡直的稜線
慢慢走了52分鐘
往位於崖上的大槍小屋前進
下午2點38分

回頭一看，山頂又隱沒在濃霧中了……
您好
關於這個山中小屋
・位於表銀座的雷鳥平（2870公尺）
・現做料理與溫馨家庭氣氛極受好評
・提供免費出借背包服務
・可容納100人
・無個人房
・但周一～四每天提供一對夫妻免費個人房住宿（須預約）
・蹲式廁所（日式）
我們就是利用了免費個人房住宿
呼～～好舒適呀♥
滾
滾
4張半榻榻米大小
晚餐前的時間就在飲料吧&
住宿期間紅茶・伯爵奶茶・咖啡・黑豆巧克力都可以免費喝到飽！
飲料吧400日圓 可免費續杯
飲料吧 400日圓
大相撲現場轉播節目陪伴中度過
晚上6點餐桌上擺滿了令人驚喜的料理
名產
現做西式晚餐
咖啡果凍
竟然還有這個！
整盤端上桌的本日義大利麵（今天是日式的香菇口味）
每人附贈一杯葡萄酒！
酥炸乳酪捲
焗烤鮮蝦
新鮮沙拉
大蒜吐司
醋漬海鮮
紅・白酒可任選
烤雞肉
可續碗的白飯
洋蔥雞蛋玉米湯

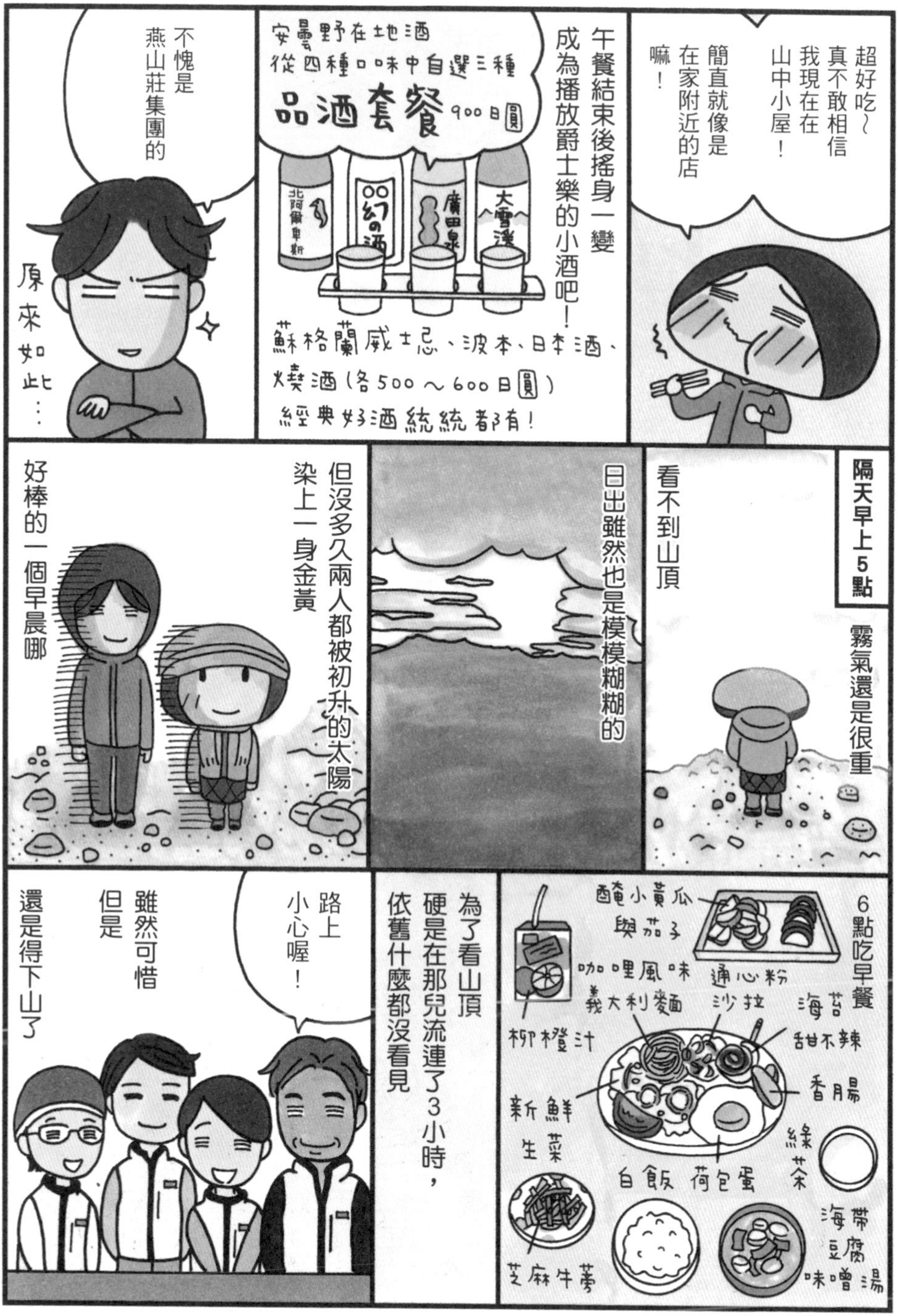
超好吃～真不敢相信我現在在山中小屋！
簡直就像是在家附近的店嘛！
午餐結束後搖身一變成為播放爵士樂的小酒吧！
安曇野在地酒
從四種口味中自選三種
品酒套餐 900日圓
大雪渓
廣田泉
幻の酒
蘇格蘭威士忌、波本、日本酒、燒酒（各500～600日圓）
經典好酒統統都有！
不愧是燕山莊集團的
原來如此…
隔天早上5點
看不到山頂
霧氣還是很重
日出雖然也是模模糊糊的
但沒多久兩人都被初升的太陽染上一身金黃
好棒的一個早晨哪
6點吃早餐
醃小黃瓜與茄子
咖哩風味通心粉
義大利麵沙拉
海苔
甜不辣
香腸
柳橙汁
新鮮生菜
綠茶
白飯
荷包蛋
海帶豆腐味噌湯
芝麻牛蒡
為了看山頂硬是在那兒流連了3小時，
依舊什麼都沒看見
路上小心喔！
雖然可惜
但是
還是得下山了

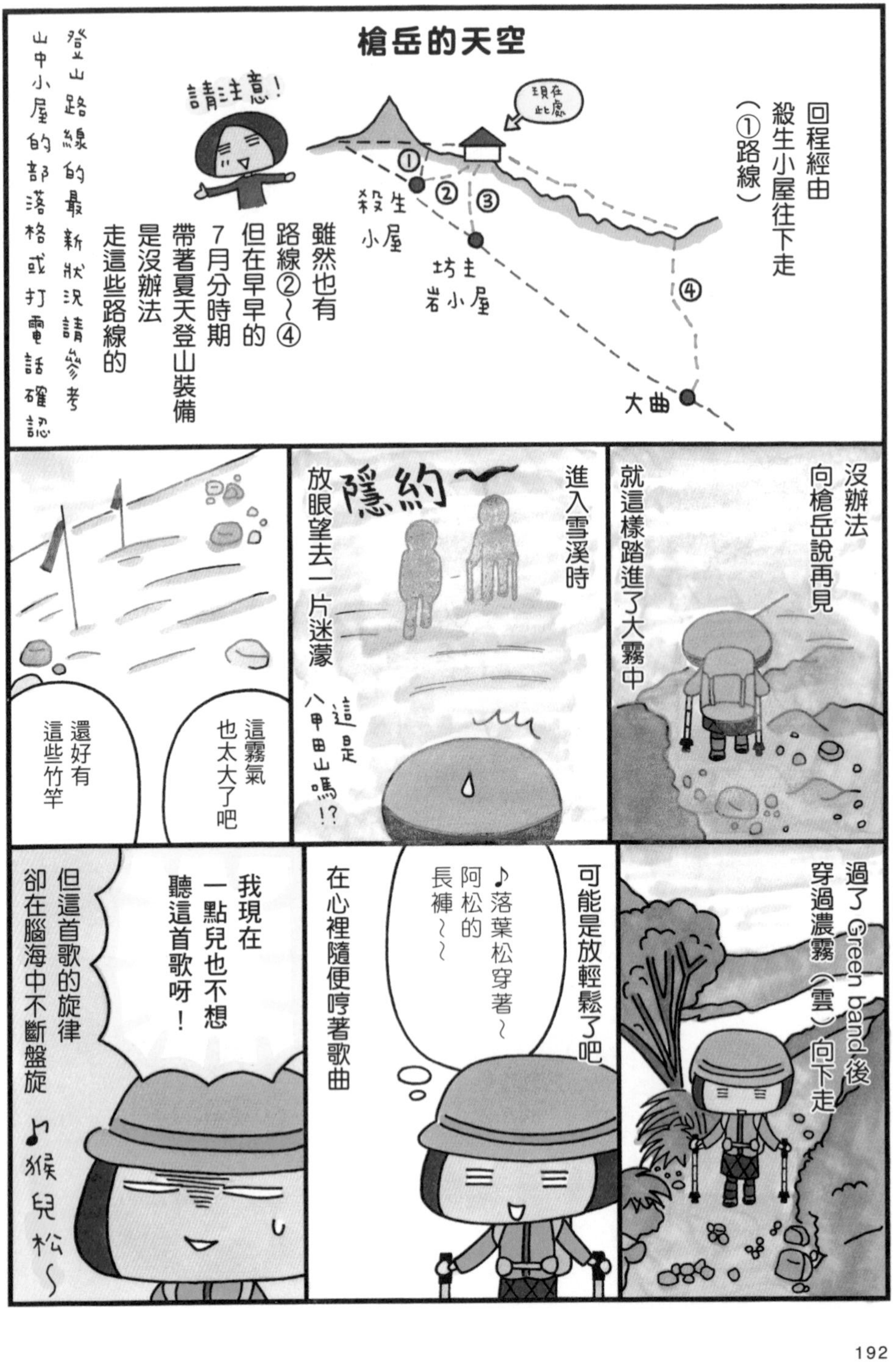

槍岳的天空
回程經由殺生小屋往下走（①路線）
現在此處
請注意！
① ② ③ ④
殺生小屋
坊主岩小屋
大曲
雖然也有路線②～④但在早早的7月分時期帶著夏天登山裝備是沒辦法走這些路線的
登山路線的最新狀況請參考山中小屋的部落格或打電話確認
沒辦法向槍岳說再見
就這樣踏進了大霧中
進入雪溪時
放眼望去一片迷濛
隱約～
這是八甲田山嗎!?
這霧氣也太大了吧
還好有這些竹竿
過了Green band後穿過濃霧（雲）向下走
可能是放輕鬆了吧
在心裡隨便哼著歌曲
♪落葉松穿著～阿松的長褲～～
我現在一點兒也不想聽這首歌呀！
但這首歌的旋律卻在腦海中不斷盤旋
♪猴兒松～

回到槍澤小屋取回背包
走到槍見河原時
遠遠的天空可以看到槍神的小小身影
我深信它的的確確就站在那兒
又懷疑它是否的的確確就站在那兒？
一路上幾乎都是默默無言，偶爾穿插聊幾句無厘頭的話題
離開大槍小屋7小時後
啊—好想吃掉一整座香菇山喔
抵達這看起來滿華麗、同時也是最後一個住宿地點
「冰壁之宿　德澤園」
下午4點
井上靖的小說「冰壁」中出現的德澤小屋就是以它為藍本
歡迎光臨
關於這個山中小屋
・位於奧上高地的德澤（1560公尺）
・以自己栽種的蔬菜做成的料理深獲好評
・水資源豐富，可以泡澡
・不像傳統的山中小屋，也有不少觀光客投宿
・可容納120人
・個人房有17間
・大通鋪的住宿人數也有限定
・沖水式廁所（西式）
個人房是相當舒適的和式房
也有一間西式房
還附小陽台唷！

在開著大窗的浴池裡
洗盡疲勞
關於這個浴池
・並非使用溫泉水
・使用信濃白炭
・水質無色透明
有提供肥皂及吹風機（個人房裡還有浴衣、擦手巾、牙刷）
6點吃了豐盛的晚餐
洋梨冰沙
現做豆腐佐自家製味噌
夏季蔬菜天婦羅
醋漬海鮮
鹽烤岩魚
乳酪鮭魚卵
自家製野澤菜
牛排
山藥蕎麥麵
可續碗的白飯
老公難得耍寶
這個槍岳造型的大碗白飯如何？
唉～如果有買槍神T恤就好了～
這種因為不買而後悔的心情最討厭了！
有這麼嚴重？
最後一天決定在上高地隨興玩一天再回家
（請參考196頁的「上高地觀光地圖」）
隔天早上7點吃早餐
果醬優格
清湯山菜
花椰菜
鮭魚
鬆軟的炒蛋
醃白蘿蔔
野澤菜
海苔
自家製豆腐渣
白飯
海帶豆腐味噌湯
及各種名產
名產
霜淇淋
400日圓
香甜濃醇卻不膩人的絕品！排隊才吃得到喔！（只在夏季販售）

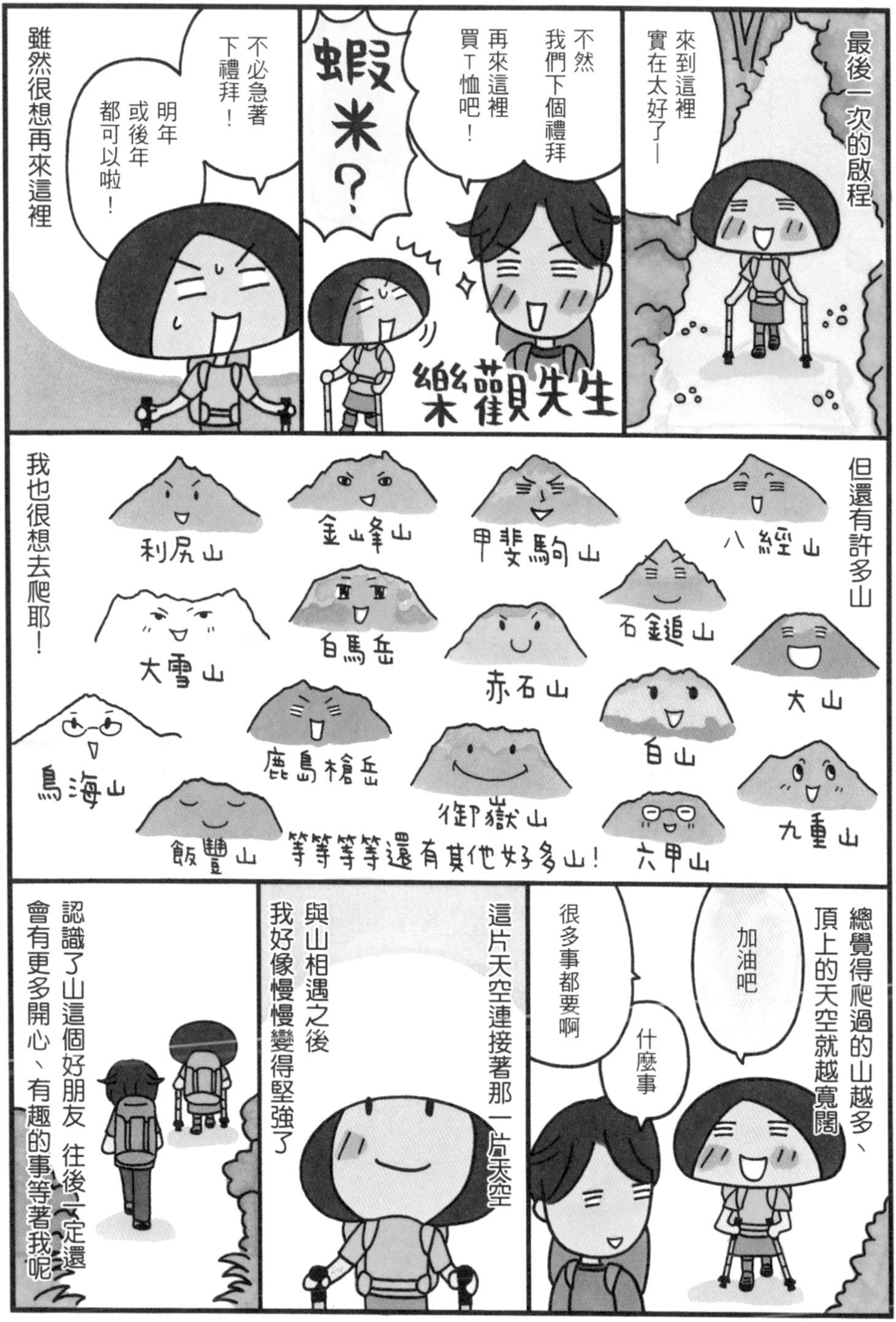
最後一次的啟程
來到這裡實在太好了—
不然我們下個禮拜再來這裡買T恤吧！
蝦米？
樂觀先生
不必急著下禮拜！
明年或後年都可以啦！
雖然很想再來這裡
但還有許多山
八經山
甲斐駒山
金峰山
利尻山
石鎚山
白馬岳
大山
赤石山
大雪山
白山
鹿島槍岳
鳥海山
九重山
六甲山
御嶽山
飯豐山
等等等等還有其他好多山！
我也很想去爬耶！
總覺得爬過的山越多、頂上的天空就越寬闊
加油吧
什麼事
很多事都要啊
這片天空連接著那一片天空
與山相遇之後
我好像慢慢變得堅強了
認識了山這個好朋友　往後一定還會有更多開心、有趣的事等著我呢

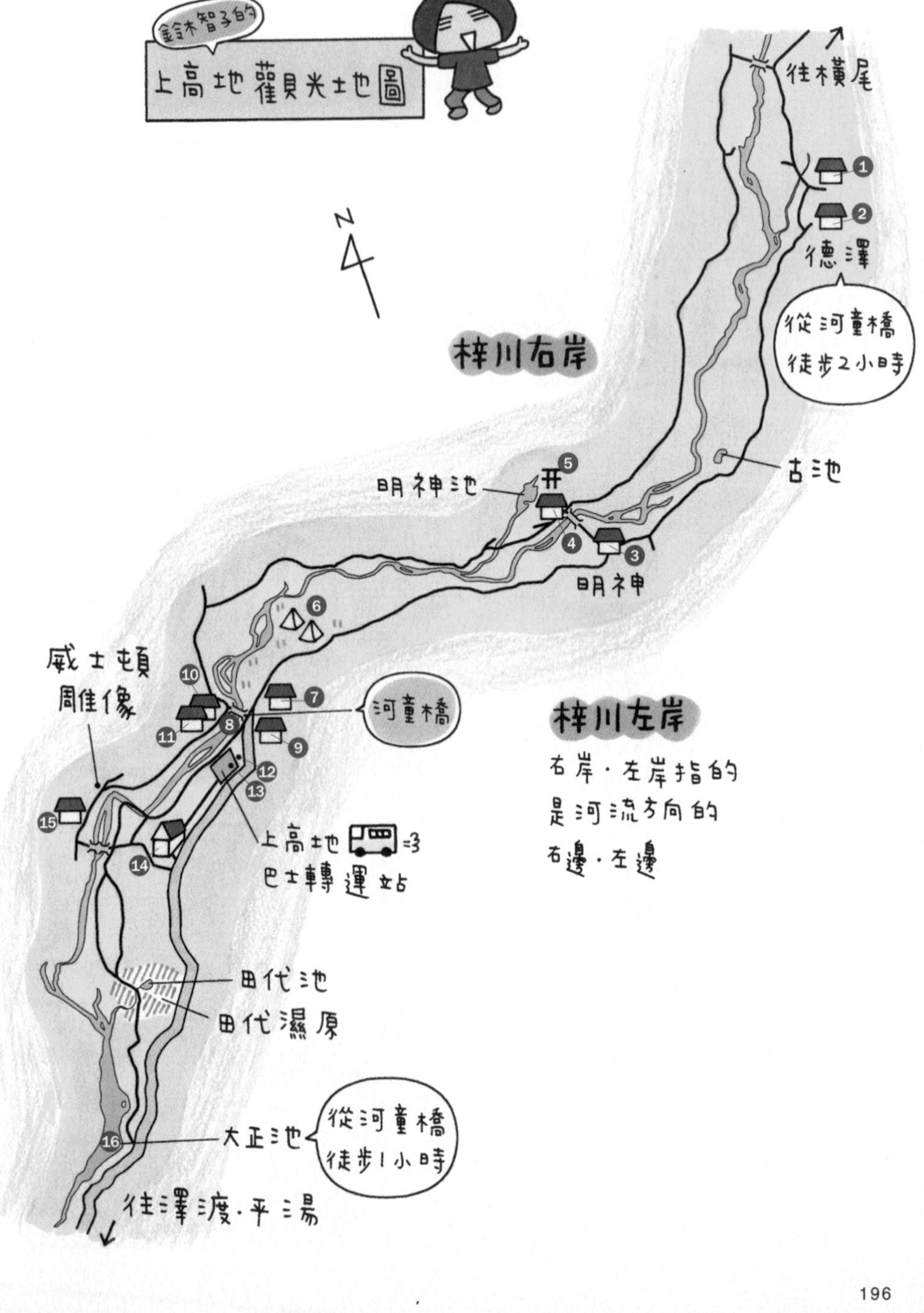
鈴木智子的
上高地觀光地圖
往橫尾
德澤
從河童橋
徒步2小時
梓川右岸
古池
明神池
明神
威士頓
周佳像
河童橋
梓川左岸
右岸・左岸指的
是河流方向的
右邊・左邊
上高地
巴士轉運站
田代池
田代濕原
大正池
從河童橋
徒步1小時
往澤渡・平湯

❶德澤園
位於德澤的豪華旅館，蓋在曾經是牧場的遺跡上。「霜淇淋」及以自家栽種的蔬菜製作的「野澤菜炒飯」人氣非常高！土產種類也很豐富。

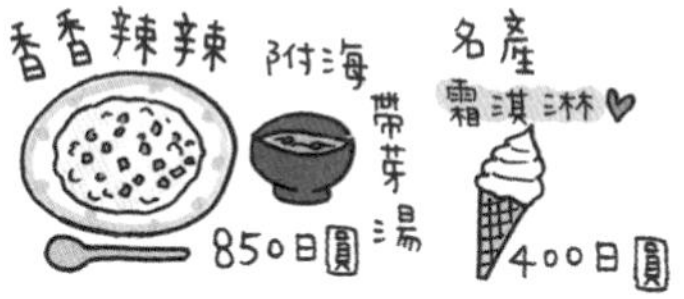

❷德澤小屋
位於德澤，是由松本市經營、感覺滿高雅的旅館。下午4點半～7點半提供非住宿客入浴。入浴費400日圓。

❸明神館
位於明神的獨棟旅館。從這裡眺望明神岳的景色十分美麗。時髦又帥氣的山手巾是我的最愛！

❹嘉門次小屋
這是登山名嚮導・嘉門次在明治13年建造的山中小屋。至今依然保留當時的側影。以炭爐火烤的「鹽烤紅點鮭魚」（900日圓）真是絕品哪！

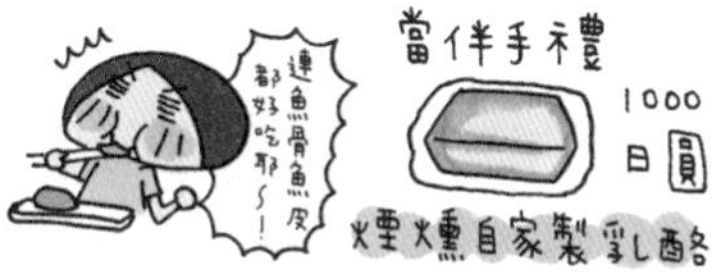

❺穗高神社奧宮
日本阿爾卑斯山的守護神。位於境內的明神池散發著一股神祕感，十分漂亮。參觀費300日圓。

❻小梨平露營場
可以租借各種露營用品的露營場。下午2點～7點（夏季～8點）提供非露營客入浴。有提供肥皂沐浴品。入浴費500日圓。

❼上高地遊客中心
展示關於上高地相關資訊的公共設施，裡面還有以山脈照片搭配文字的專題展場。有販售原創的各類商品。

❽河童橋
橫跨梓川的橋樑，是上高地的著名地標。從這裡眺望穗高連峰的景色相當美麗。

⑬上高地食堂

由松本市經營的食堂。一樓販賣的霜淇淋滋味美妙極了！

⑭上高地帝國飯店

令人嚮往的高級飯店。販賣部裡可以找到許多設計高雅的原創商品。

⑮上高地溫泉旅館

有天然溫泉的旅館。泉源有三個，都是自流溫泉。7：00～9：00 及 12：30～15：00 提供非住宿客泡湯。提供肥皂類等沐浴品。泡湯費 800 日圓。

⑯大正池

梓川所形成的堰塞湖。凸出於水面的枯木群令人印象深刻。從這裡眺望的燒岳及穗高連峰景色非常美麗。

⑨上高地土產店

五千尺旅館的小賣店。自創的果醬、甜點等各種上高地土產應有盡有。

⑩小梨餐廳

白樺莊旅館裡的餐廳。分量超大的「上高地可樂餅」（300 日圓）是搶手貨！

⑪ trois cinq

五千尺小屋裡附設的咖啡館。超推薦以 6 顆蘋果製成的「信州完熟蘋果派」！

⑫上高地郵局

藏身在森林裡的郵局。從這裡寄信，會蓋上獨家的風景郵戳。也有販售上高地郵票。

槍岳照片集錦

水和空氣
都非常乾淨～

光鮮閃耀
的上高地

河川暴漲!?

熱
呼呼

啪
沙
沙
沙

耶3!

～槍澤小屋～

槍岳照片集錦

終於來囉！

↑槍肩

死亡區域

緊張不安

山頂……

憧憬已久的山頂

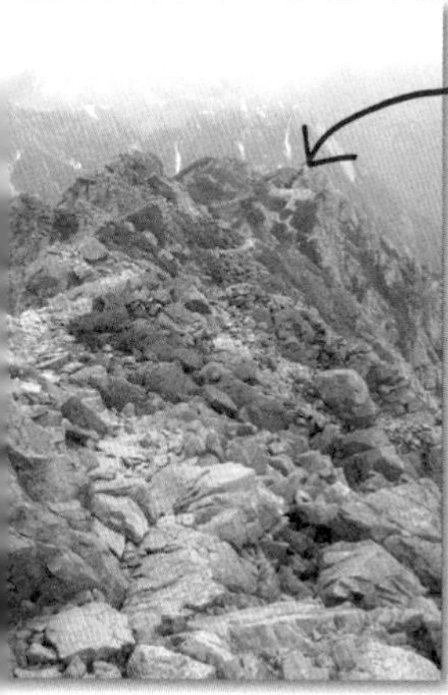

藏身在崖上的小屋

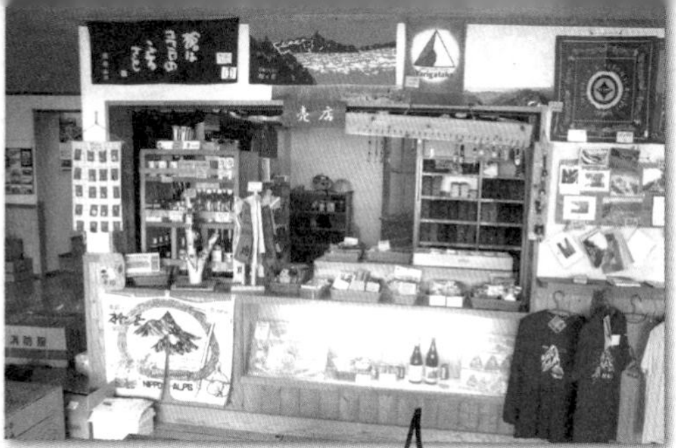

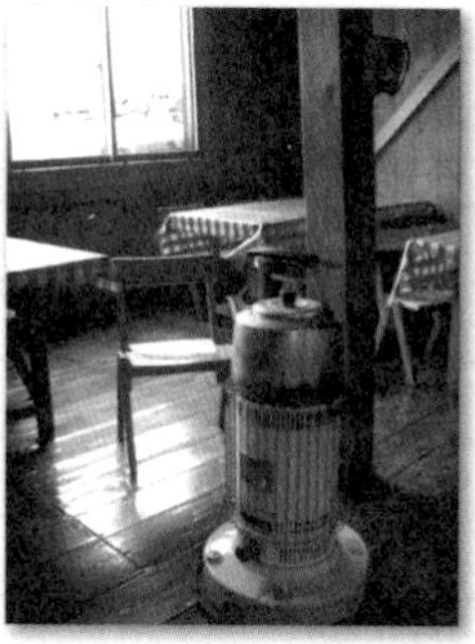

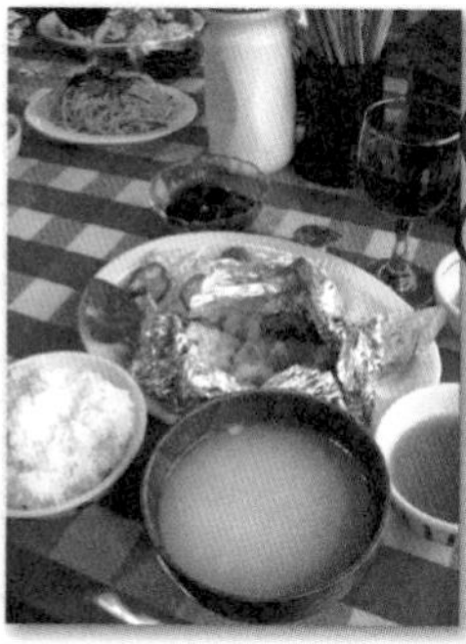

槍神周邊商品大集合

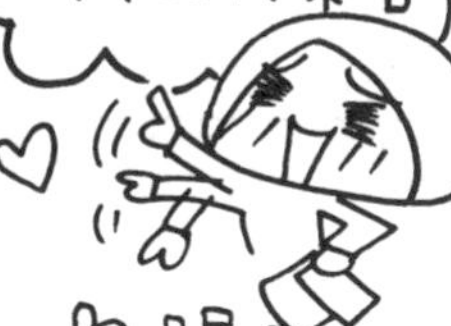

喔耶—

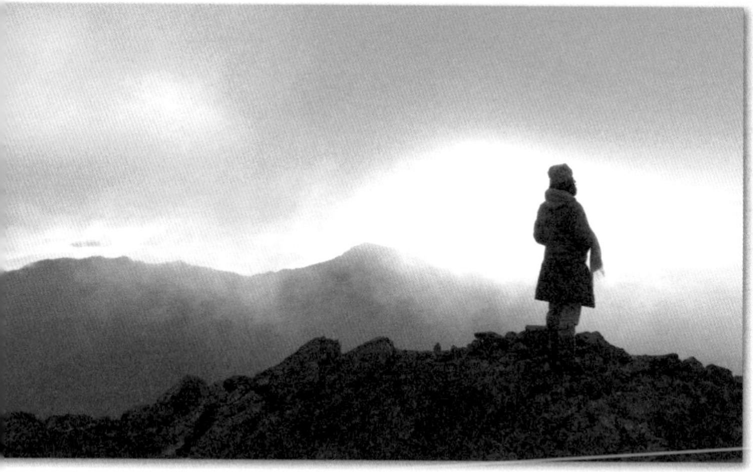

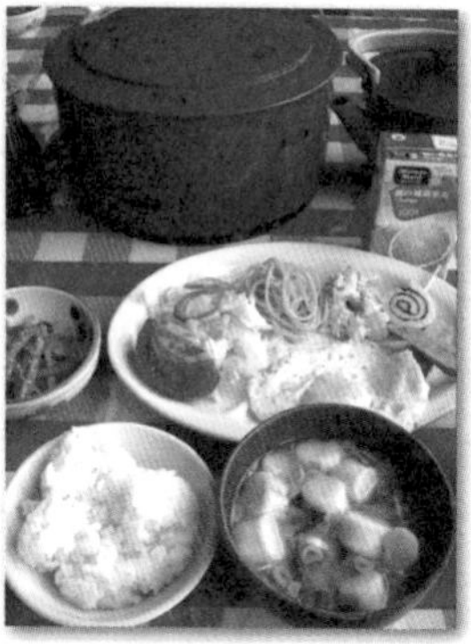

溫馨的現做料理

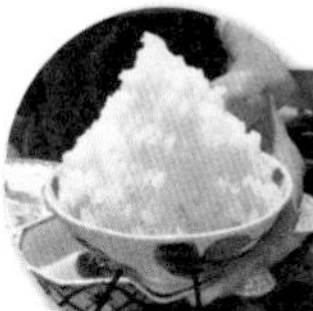

槍岳造型的大碗白飯

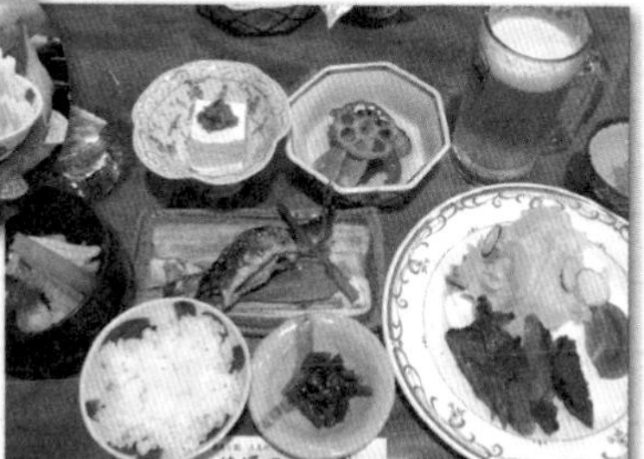

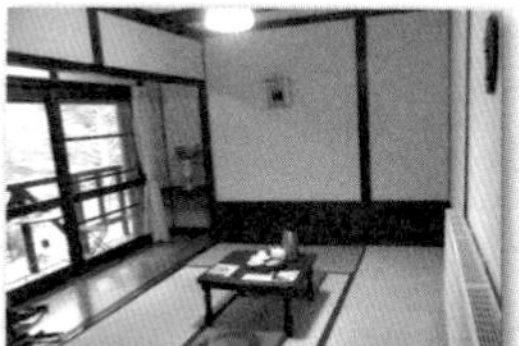

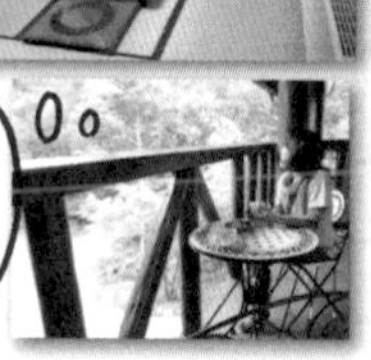

真想住在這裡

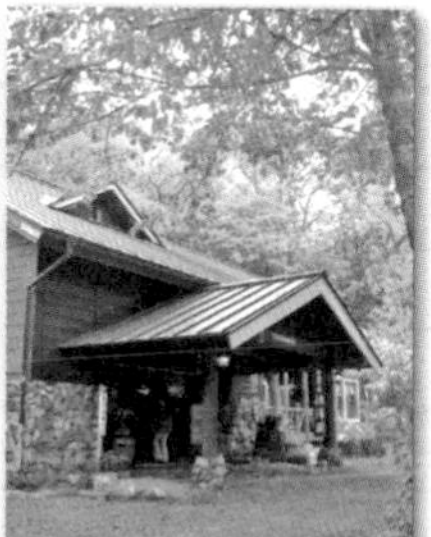

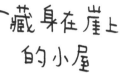

會變胖呀～

槍岳照片集錦

我的最愛

純樸得可愛♡

購自德澤園

尼泊爾製小包包

附安全別針

徽章

當地的玻璃瓶裝酒♡

槍神郵票

復古貼紙

↓100日圓!

很有昭和風情

很適合配啤酒

乳酪

含樹汁的

驚奇糖果

帝國飯店餅乾

可以做茶泡飯

還買了好多其他東西唷～

因為有了槍岳，讓全日本的山脈贏得了更多的好評。
它就是這麼一座美麗的山。
自從槍岳擄獲我的心之後，我就越來越愛爬山了。一開始，
我並不覺得自己有能力登上槍岳。
如今，槍岳山頂的美景時常浮現在我的腦海裡。
我曾經站在那個山頂上。因此，我知道這世上絕沒有我辦不到的事。
槍岳為我的日常生活帶來了更多的自信。
站在小廟前拍的紀念照片，我那含著眼淚半睜著眼睛的表情實在醜到令人生氣。
偏偏自己又是個膽小鬼，不好意思說「請再幫我拍一張」……實在可惜呀。
除了美麗的山景，我也愛那些聚集在山頭上的人們
一起營造的獨特氣氛，讓人忍不住想再去爬一次山。

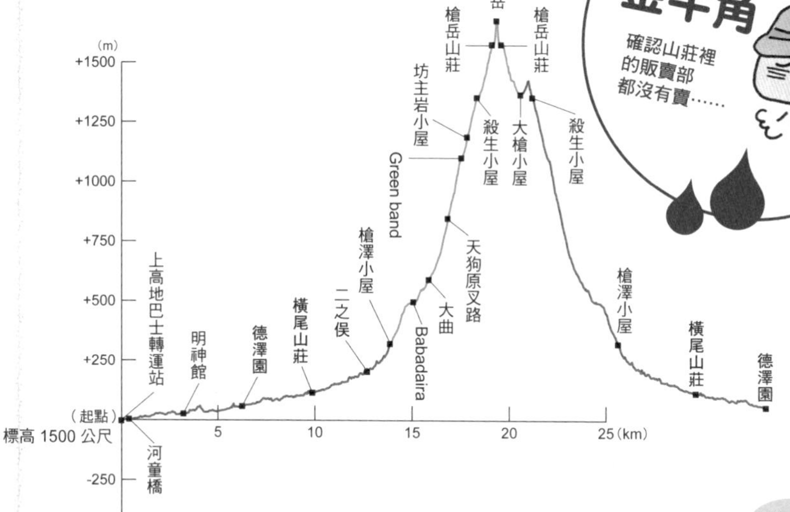

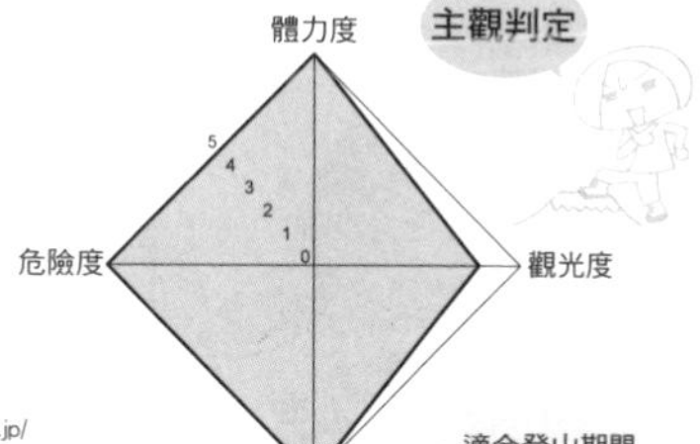

適合登山期間
7月下旬～
9月下旬

➡DATA
●上高地官方網站（上高地觀光旅館公會）☎0263-95-2405 http://www.kamikochi.or.jp/
●松本市阿爾卑斯山觀光協會 ☎0263-94-2221 http://www.alps-kanko.jp/
●橫尾山莊 ☎0263-95-2421 http://www.yokoo-sanso.co.jp/
●槍澤小屋 ☎0263-95-2626 http://www.mcci.or.jp/www/yarisawa/
●槍岳山莊 ☎090-2641-1911 http://www.mcci.or.jp/www/yarigatake/
●大槍小屋 ☎090-1402-1660 http://www.enzanso.co.jp/ooyari/
●冰壁之宿 德澤園 ☎0263-95-2508（住宿須事先預約） http://www.tokusawaen.com/
●上高地遊客中心 ☎0263-95-2606 http：//www.kamikochi-vc.or.jp/

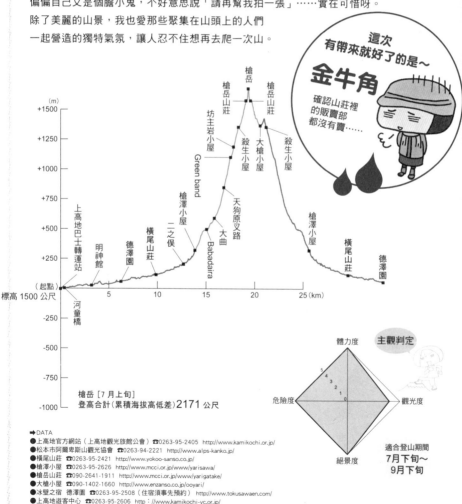

高山的贈禮

去爬槍岳後
您懷孕了耶
什麼？
結婚6年肚皮一直沒有消息
沒想到這孩子竟然挑這個時候來報到
開始爬山之後除了體力變好畏寒的症狀也改善了
雖然沒什麼科學根據
但這也許是山送給我的禮物呢
小山山今天好嗎～？
由於小寶寶在肚子裡的時候最好就先幫他取個名字、和他聊聊天所以我們決定叫他「小山山」
為什麼不是取槍男或槍子之類的名字？
我才不要那種名字！
雖然暫時沒辦法去爬山了
挑挑嬰兒用品或是看看露營用具
我也樂在其中
這個2986公克健康活潑的小男孩
我想讓他看看更多更多的大自然
只是全家人一起去登山的日子似乎還很遙遠哪！

有可能懷孕或已經懷孕的人，若有計畫要登山，請先諮詢您的醫生。

後記

我知道爬山
並不是一種競賽
又有一個人
超越我了…
沮喪
有時卻發現內心深處
燃起了競爭心
啊
身處在大自然中
即便是小小的念頭
也都變得清晰可見
我的背包
有20公斤
以上哦！
沒爬過
冬天的劍岳，
就不算
真正爬過山～
雖然
背著帳篷，
我還是
只用了
course time
的一半時間
就抵達了！
這些話雖然與山格格不入，
卻又特別愛講，
這就是人之所以為人，
也是人類有趣的地方吧
想要優遊山林的人
就輕輕鬆鬆地
待在山裡吧
想要競爭的人
就儘管競爭去吧
想要修行的人
就去修行吧
你想背
50公斤的行李
也無所謂
叫老公
多背一點
也ＯＫ
要穿得時髦
漂亮一點也行
穿著樸素的服裝
也沒關係

在山裡
沒有好或不好
沒有對或不對
①平安回家
②保護大自然
③不要妨礙他人
規則就只有這些而已!
請大家務必要遵守哦
不需要與人較量「爬過哪座困難的山」，做這種肉體上的比較
也不需要與人計較「感受有多麼纖細深刻」，做這種心靈上的比較
只要擁有一個令人難忘的回憶
就是最完美的一次登山
人們開心的笑顏
好棒的景色呀~
最容易令我感動得想掉眼淚
長大之後
從沒想過有一個地方可以見到這麼多張打從心底開心的笑容

站在山頂的時候
吃飯的時候
看著森林到忘情時
下山時的驀然回首
這些無法取代的美好瞬間將會不斷的累積
登山若能變成一件稀鬆平常事
讓這種美好散布在人間，那該有多好啊
正因為知道自己的渺小
才會更希望自己能夠擁有像大山一般開闊的心胸
並且努力讓它成為生活的一部分
好想大聲地告訴大家
大家快點來唷！
山是屬於大家的呀！

TITAN 089

想要開始去爬山 登山2年級生

鈴木智子◎圖文　陳怡君◎翻譯　陳欣慧◎手寫字

出版者：大田出版有限公司
台北市10445中山北路二段26巷2號2樓
E-mail：titan3@ms22.hinet.net
http：//www.titan3.com.tw
編輯部專線（02）25621383
傳真（02）25818761
【如果您對本書或本出版公司有任何意見，歡迎來電】
行政院新聞局版台業字第397號
法律顧問：甘龍強律師

總編輯：莊培園
主編：蔡鳳儀　編輯：蔡曉玲
企劃主任：李嘉琪　美術執行：蔡雅如
校對：陳怡君／謝惠鈴
承製：知己(股)有限公司 電話：(04)23581803
初版：二〇一三年（民102年）二月二十八日　定價：290元

總經銷：知己圖書股份有限公司
（台北公司）台北市106辛亥路一段30號9樓
電話：（02）23672044・23672047・傳真：（02）23635741
郵政劃撥：15060393
（台中公司）台中市407工業30路1號
電話：（04）23595819・傳真：（04）23595493

國際書碼：978-986-179-276-7　CIP：861.67/101027126

廣 告 回 信
台北郵局登記證
台北廣字第01764號

平 信

To：
10445
台北市中山區中山北路二段 26 巷 2 號 2 樓
電話：（02）25621383　傳真：（02）25818761
E-mail：titan3@ms22.hinet.net

大田出版有限公司（編輯部）收

From：
地址：……………………
姓名：……………………

＊請沿虛線剪下，對摺裝訂寄回，謝謝！

大田精美小禮物等著你！

只要在回函卡背面留下正確的姓名、E-mail和聯絡地址，
並寄回大田出版社，
你有機會得到大田精美的小禮物！
得獎名單每雙月10日，
將公布於大田出版「編輯病」部落格，
請密切注意！

大田編輯病部落格：http：//titan3.pixnet.net/blog/

智　慧　與　美　麗　的　許　諾　之　地

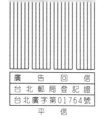

wawa ◎繪圖

※請沿虛線剪下，對摺裝訂寄回，謝謝！

讀 者 回 函

你可能是各種年齡、各種職業、各種學校、各種收入的代表，
這些社會身分雖然不重要，但是，我們希望在下一本書中也能找到你。

名字／＿＿＿＿＿＿ **性別**／□女 □男　**出生**／＿＿＿年＿＿＿月＿＿＿日

教育程度／

職業：□ 學生□ 教師□ 內勤職員□ 家庭主婦 □ SOHO 族□ 企業主管
□ 服務業□ 製造業□ 醫藥護理□ 軍警□ 資訊業□ 銷售業務
□ 其他＿＿＿＿＿＿＿＿＿＿＿＿＿＿＿＿

E-mail/＿＿＿＿＿＿＿＿＿＿＿＿＿＿＿ 電話／＿＿＿＿＿＿＿＿＿＿

聯絡地址：

你如何發現這本書的？　　　　　　　書名：想要開始去爬山：登山 2 年級生

□書店閒逛時＿＿＿＿書店 □不小心在網路書站看到（哪一家網路書店？）＿＿＿＿
□朋友的男朋友(女朋友)灑狗血推薦 □大田電子報或編輯病部落格 □大田 FB 粉絲專頁
□部落格版主推薦＿＿＿＿＿＿＿＿＿＿＿＿＿＿＿＿
□其他各種可能 ，是編輯沒想到的＿＿＿＿＿＿＿＿＿＿＿＿

你或許常常愛上新的咖啡廣告、新的偶像明星、新的衣服、新的香水……
但是，你怎麼愛上一本新書的？

□我覺得還滿便宜的啦！ □我被內容感動 □我對本書作者的作品有蒐集癖
□我最喜歡有贈品的書 □老實講「貴出版社」的整體包裝還滿合我意的 □以上皆非
□可能還有其他說法，請告訴我們你的說法

＿＿＿＿＿＿＿＿＿＿＿＿＿＿＿＿＿＿＿＿＿＿＿＿＿＿＿＿＿＿

你一定有不同凡響的閱讀嗜好，請告訴我們：

□哲學 □心理學 □宗教 □自然生態 □流行趨勢 □醫療保健 □ 財經企管□ 史地□ 傳記
□ 文學□ 散文□ 原住民 □ 小說□ 親子叢書□ 休閒旅遊□ 其他 ＿＿＿＿＿＿＿＿

你對於紙本書以及電子書一起出版時，你會先選擇購買
□ 紙本書□ 電子書□ 其他＿＿＿＿＿＿＿＿＿＿＿＿＿＿＿＿＿＿

如果本書出版電子版，你會購買嗎？

□ 會□ 不會□ 其他＿＿＿＿＿＿＿＿＿＿＿＿＿＿＿＿＿＿＿＿

你認為電子書有哪些品項讓你想要購買？

□ 純文學小說□ 輕小說□ 圖文書□ 旅遊資訊□ 心理勵志□ 語言學習□ 美容保養
□ 服裝搭配□ 攝影□ 寵物□ 其他 ＿＿＿＿＿＿＿＿＿＿＿＿＿＿＿＿

請說出對本書的其他意見：

大田出版有限公司編輯部 感謝您！